Christel van Bourgondië

Doe ff normaal!

Tekeningen van Josine van Schijndel

Deze Leesleeuw is van:

Leesleeuw 2006 | 2007
groep 7-8 | leerjaar 5-6

Hebt u vragen over Leesleeuw?
Bel dan de Leesleeuw-klantenservice.
Voor Nederland: (020) 551 87 31
Voor België: (014) 36 92 92

lees
leeuw

lees leeuw

Een boekenabonnement
Tien prachtige boeken per jaar

Leesleeuwtitels schooljaar 2006 | 2007

1	Jan Paul Schutten	**Ruik eens wat ik zeg**
2	Peter Smit	**De tocht van de Albatros**
3	Christel van Bourgondië	Doe ff normaal!
4	Marcel van Driel	**Belle**
5	Rick de Haas	**Pippa from the joke shop**
6	Hans Kuyper	**Punthoofd en Priklip**
7	Georgien Overwater	**Hungry Jack**
8	Annemarie Bon	**Geluk zit in een klein kistje**
9	Ann Stolting	**Holiday**
10	??	**??**

STICHTING NEDERLANDSE
KINDERJURY
2007

Leesleeuw is het imprint van Uitgeverij Leopold, Uitgeverij Ploegsma, Em. Querido's Uitgeverij B.V. en Uitgeverij Zwijsen B.V. voor hun uitgaven binnen de serie Leesleeuw, een samenwerkingsproject van voornoemde uitgeverijen.
© 2006 Tekst: Christel van Bourgondië
© 2006 Tekeningen: Josine van Schijndel
Ontwerp: masja mols grafisch ontwerp, Tilburg
Vormgeving: De Witlofcompagnie, Antwerpen
Uitgeverij Zwijsen B.V., Tilburg

ISBN 90.276.0444.4

Voor België: Zwijsen-Infoboek, Meerhout
D/2006/1919/256

lees leeuw

Christel van Bourgondië

Doe ff normaal!

Tekeningen van Josine van Schijndel

Kijk ook eens op www.leesleeuw.nl of www.leesleeuw.be.

Het verb●d

Ik heb Stens verboden me op te halen. Het kan écht niet.

'Kom op,' zei hij, toen ik het hem door de telefoon vertelde. 'Je denkt toch niet dat ik een dochter op de middelbare school ga ophalen. Brugpieper. Je gaat maar lekker op de fiets.'

Eerlijk gezegd vond ik dat nou ook weer niet leuk. Hij mag best een béétje interesse tonen.

'Wil je mijn nieuwe school dan niet zien?' vroeg ik.

'Don't you worry!' (Maak je niet druk!) zei hij.

'Tuurlijk. Ik rijd er stiekem wel eens langs.'

'Kom op, pap. Doe ff normaal.' Typisch pap. Aan de toon waarop hij het zegt, weet ik dat hij het toch niet zal doen.

Niet dat hij niet in me geïnteresseerd is. Welnee. We doen vaak toffe dinger   ⁿ Tenminste, dat wil zeggen als hij er is. Maar zelfs da   ʰ vooral met zichzelf bezig. Misschien kan hij er niets aan doen, dat heb je, geloof ik, als je beroemd bent.

'Als hij niet altijd zo om zijn eigen as draaide,' zegt Clarisse, mijn moeder, 'dan had hij het nooit zover geschopt.'

Precies om die reden hield ze het niet bij hem uit.

Als ze kwaad op hem is, zegt ze ᵈat hij over lijken gaat.

Nou ja, je moet niet overdrijven. Maar hij hoeft écht niet bij mijn school te komen. Ik wil niet dat iemand hem ziet. Dan begint het gedonder weer. Ik wil er niet meer aan denken. Ik doe liever of het niet heeft bestaan. Maar dat is niet het enige. Als ze weten dat mijn vader Stens is, dan ben ik niet meer mezelf, Zina, maar de dochter van ... Iedereen wil dan weten hoe het is om de dochter van een wereldberoemde popster te zijn, en hoe het is om zo rijk te zijn. Sommigen zijn jaloers en vinden mij alleen daarom al stom.

Nu moet je ook niet denken dat het alleen maar ellende is, als je vader een popster is. Pap is echt een toffe gozer. Ik mag mee naar repetities, of op het podium zijn concert meemaken, en afgelopen zomer was ik bij de opnames van zijn nieuwste clip in New York. Maar het liefst heb ik hem als hij even niet beroemd wil zijn. Dan zet hij een pruik op en plakt een snor onder zijn neus. Dan is hij niet meer Stens, maar Stijn Jensen, een soort versierde versie van zichzelf (Al noem ik hem Stens, net als iedereen en net als hijzelf.). Op zulke momenten voel ik me echt een dochter die met haar vader op pad is. Meestal gaat het goed. Soms niet. Zoals die keer dat we langs het strand liepen en zijn pruik afwaaide (een snor had hij toen niet).

'Daar heb je Stens!' riep een vrouw die topless lag te zonnen. Met blote borsten rende ze op mijn vader af, en vloog hem om de hals. Ik kreeg bijna braakneigingen. Zoiets doe je toch niet! Stens probeerde haar van zich af te duwen, voorzichtig, want voor je het weet heb je een beschuldiging aan je broek. Of er staat zo'n paparazzo ergens verdekt opgesteld met zijn kanon van een camera om papa met een blote dame op de plaat vast te leggen. En prompt prijkt hij met haar in alle tijdschriften, en krijg ik het weer te horen: 'Die vader van jou is lekker bezig.'

En dan vorig jaar toen ik in groep acht zat. Stens kwam net terug van een tournee door Australië en stond me op het schoolplein op te wachten. Geloof het of niet, maar de moeders van mijn klasgenoten kwamen op hem af als beren op een pot honing. En ja hoor, ik zag de paparazzo gebukt achter de opengeslagen deur van zijn Volvo. Een paar dagen later zag ik pap terug met de moeder van Masja op alle tijdschriften. 'Stens en zijn nieuwe vriendin!' Wie werd ermee gepest? Ik, natuurlijk. Bedankt, paparazzo!

Snap je het? Alleen daarom al mag niemand op mijn nieuwe school weten dat Stens mijn vader is. Dan heb ik het nog niet over het andere, want daar heb ik het gewoon liever niet over.

Kleuren zien

Deze zomer ben ik met mam verhuisd. Sinds het gebeurd is, hing er volgens Clarisse een ondraaglijke geur in Amsterdam. Misschien kwam dat ook door de nachtmerries. Ze bleven maar komen, elke nacht. Dan kroop ik bij Clarisse in bed en hield haar uit haar slaap. Ze kon niet meer gewoon door de buurt lopen. Zo bang was ze dat het weer zou gebeuren. Ze kon zich ook niet meer concentreren op haar werk (ze is grafisch ontwerpster en zit maar in haar eentje achter de computer). Met mij ging het ook niet geweldig, maar sinds we in Haarlem wonen zijn de nachtmerries weg. Echt, helemaal weg, bedoel ik.

Het werd Haarlem, omdat Clarisse dichter bij de zee wilde zitten. Dat zei ze tenminste tegen iedereen. Ik weet heus wel dat ze naar Haarlem wilde om dichter bij Rob te wonen, haar nieuwe vlam. Nou ja nieuw, ze heeft hem al ruim een jaar en hij is nog getrouwd ook. Het ergste, hij heeft een lichtbruine kringel om zijn hoofd. Die kringel komt echt niet van zijn grijze haren. Ik zie die lichtbruine wolk altijd om hem heen, altijd dezelfde tint, een beetje poepbruin, net diarree. Bah. Rob is gewoon afgrijselijk saai en hij wil dat alles op zijn manier gebeurt. Mam is niet zo handig in het uitzoeken van vriendjes.

Grappig trouwens, sinds we verhuisd zijn, heeft Clarisse een andere kleur. In Amsterdam hing er een knalrode, bijna paarse kringel om haar heen. Rood is een warme kleur, maar met paars erbij wordt het wat heftig. Volgens mij was ze jaloers. Nu heeft ze een donkerrode cirkel om haar hoofd, en is ze veel gezelliger. Pap sleept een oranje sluier met zich mee. Volgens mij heeft hij altijd lol. Nou ja, in ieder geval als hij bij mij is.

Oma Jansje is de enige met wie ik erover kan praten. Zij ziet ook kringels om mensen heen. 'Jij ziet dingen die de meeste mensen niet zien, hè?' vroeg ze me een keer. 'Wat bedoel je, oma?' 'Kleuren om mensen.' Ik knikte. Ik heb het ooit tegen een buurmeisje gezegd. Ze lachte me erom uit. 'Je ziet kleuren op de muren, of op een appel, maar niet om een mens,' zei ze. 'Je bent een mafketel.' Daarna heb ik er nooit meer met iemand over gesproken. Voor mij is het hartstikke normaal, dus zo belangrijk is het nu ook weer niet. Al merkte ik wel dat ik blij was dat oma hetzelfde zag als ik.

'Hoe weet je dat, oma?' vroeg ik aan haar. Ik was echt hartstikke verbaasd.

'Ik zie een parelwitte draad om je heen en dat betekent dat je het ook hebt.'

'Net als jij,' want nu wist ik wat die draad bij oma betekende, al is hij bij haar meer zilverkleurig.

'Ik heb het al zo lang ik me kan herinneren,' zei oma. 'Elke kleur vertelt zijn eigen verhaal en elk mens heeft zijn eigen kleur.'

Oma leerde me dat geel staat voor energie en blijdschap, maar ook duidt op angst en bedrog. Als iemand rood om zich heen heeft, is het een heel sterke persoon die veel voor anderen doet maar die ook een afgrijselijke driftkop kan zijn (hangt van de kleur rood af, natuurlijk). Oranje staat voor succes en humor.

'Ja, die Stijn is een flierefluiter,' zegt ze altijd.

Clarisse weet het ook van de kleuren. Zelf ziet ze geen kleuren, maar ze vindt het niet gek dat ik ze wel zie. Ze is het gewend van haar moeder.

Alleen met oma Jansje heb ik het erover. Het is fijn om dat met haar te delen; ze leert me veel over de kleuren en wat een verandering van kleur bij een mens betekent. Mijn kleur is lavendelblauw, met dat parelwitte draadje erdoorheen.

Hoe dan ook, nu wonen we in Haarlem en hier kent helemaal niemand ons. Het liefst zou ik Stens verbieden om in Haarlem te komen, maar dat vindt Clarisse te ver gaan. 'Kom op,' zegt ze. 'Stens is je vader, hoor.' Nou goed, maar hij mag alleen incognito komen en niet als Myrna in de buurt is.

Myrna

Myrna mag het al helemaal niet weten. Myrna is mijn
eerste vriendin hier, en eigenlijk ook de enige echte. Ik
wil niet dat Stens tussen ons in komt. Met haar deel ik
alles. Niet liegen: bijna alles. Ik heb haar verteld dat
mijn vader in New York woont, met een andere vrouw
(wat in zekere zin wel waar is) en dat ik er in de zomervakantie op bezoek ga. 'Wauw, tof!' zei ze. 'Jij hebt mazzel. New York, daar
zou ik ook wel naartoe willen.'
Soms vind ik het heel moeilijk om haar niet te vertellen
hoe het echt zit. Het is net of ik haar niet vertrouw, of
niet helemaal. Maar het kan gewoon niet. Clarisse heeft
het er ook nooit meer over, sinds we in Haarlem
wonen. De nachtmerries zijn opgehouden, en we doen
net of het een zwarte plek in ons verleden is. Over en
uit.

Met Myrna was het meteen raak de eerste dag op
school, toen we de roosters kwamen halen. Misschien
kwam het door haar kleur. Myrna heeft een violette
zweem om zich heen. Volgens oma staat violet voor een
gevoelig persoon met een koninklijke uitstraling, zeker
als er ook rood doorheen verweven is. 'Nu moet je niet
meteen aan koningin Beatrix denken hoor,' zei ze erbij.
'Maar aan iemand die een beetje anders is dan anderen,
die opvalt door haar verschijning.'

Myrna heeft een melkwitte huid, doorschijnend bijna. Op die eerste schooldag droeg ze de lichtblauwe rok die tot op haar enkels komt en een knalrood met gouddraad versierd vestje. Haar haren vallen in golven tot op haar billen. Ze zijn zo donker dat er een blauwe waas overheen ligt. En net als June, mijn lievelingszangeres, heeft ze grote groene ogen. Als vanzelf moest ik steeds weer naar haar kijken. Het leek wel of Myrna dat voelde (dat beweert ze tenminste). Ze wierp een snelle blik naar achteren. Toen onze ogen elkaar kruisten, was het alsof er een elektrische stroom door mijn lichaam trok. Even leek het of ik werd gekeurd, maar vreemd genoeg wist ik ook meteen dat we vriendinnen zouden worden.

Iedereen vindt Myrna echt geweldig knap. Alleen weet ze het zelf niet. Ze ziet gewoon niet dat de jongens naar haar kijken. Ze ziet alleen wat ze zelf wil zien. Ze doolt rond in haar eigen wereld. Beter gezegd, alsof ze niet helemaal van deze wereld is. Misschien dat ze me ook daarom aan June doet denken.
Ik zag June voor het eerst in de zomervakantie op MTV. Ze fladderde in een witte jurk over het scherm. Ze bewoog als een zwaan die over het water glijdt en op het punt staat op te stijgen. Haar stem is ijl en hoog en dan weer sterk en laag. Alsof ze van een andere aardlaag kwam aanzweven. Ik viel meteen voor June en haar muziek. Beetje vreemd, want meestal houd ik juist meer van ruige muziek, zoals Anouk of Anastacia.
Ik ben niet zo'n fan-type, zo iemand die helemaal ido-

laat is van een of andere popster. Sterker nog, de fans van Stens maken me helemaal gek. Oké, hij zingt goed en hij ziet er best goed uit, maar het is wel gewoon een mens, hoor.

June is anders. Ik zou ook heel graag willen weten wat haar kleur is. Ik denk zo maar wit, maar misschien komt dat door haar jurk. Want op de tv zie je geen kleuren om mensen heen.

Toen we de roosters hadden en ik een beetje verloren op de gang stond, kwam Myrna bij me staan.

'Hoi,' zei ze. 'Ik ben Myrna.'

'Uma?' herhaalde ik, want ik verstond haar niet goed.

'Wat grappig,' zei ze. 'Mijn oma noemde me altijd Uma.'

Op dat moment kon ik wel door de grond zakken.

'Geeft niet hoor,' zei Myrna. 'Weet je wat Uma betekent?'

Wist ik veel. Ik schudde nee.

'De ene, de unieke, de enige.'

'Wauw,' zei ik. 'Zo wil ik wel heten. Ik heet Zina. En dat betekent niets. Gewoon Zina.'

Daarop moest Myrna keihard lachen. En als zij lacht, moet ik ook lachen. Zo werkt het gewoon. Vanaf dat moment waren we vriendinnen.

Stens op bezoek

Pap wil weten waar ik woon. Hij is nu een paar dagen in Nederland, dus nu moet het ook gebeuren. Ik heb het hem al verteld. Ik woon in een rijtjeshuis, dat zeker vijftig jaar oud is. Naast ons wonen mensen van een jaar of vijftig, zonder kinderen. En als je de straat uitloopt en de hoek omgaat, dan ben je in de duinen. Stap je op de fiets, dan zit je zo op de ringweg. Rechtsaf en daar is mijn school. Meer hoeft hij toch niet te weten?

Ik heb Stens gezegd dat hij alleen welkom is als hij als zichzelf komt. Als Stijn en niet als Stens. Clarisse trekt de bloemetjesjurk aan, die met de lage hals. En ze steekt haar haren op. Dat staat zo grappig, als die krulletjes langs haar oren vallen. Ze is nog altijd een beetje zenuwachtig als pap komt. Vreemd genoeg verschijnt dan altijd weer die kleur paars om haar hoofd. Stel je voor dat ze weer samen gaan wonen, bedenk ik me. Dan kruip ik 's ochtends tussen hen in, zoals ik deed toen ik klein was.

Ik weet best dat het toch niet gaat gebeuren. Stens woont het liefst in New York. Toen ik deze zomer bij hem logeerde, kwam Layla steeds. Zo'n blonde Amerikaanse vamp (type topmodel!). Ze gooide voortdurend haar haren naar achteren en keek pap daarbij aan. Over mij keek ze heen, alsof ik een soort kakkerlak was die paps appartement bevuilde.

'Stens,' zei ik. 'Die Layla is niks hoor. Ze is hartstikke turquoise. Helemaal niet chill.'

Ik heb Stens verteld van de kleuren en dat oma het ook heeft. 'Je hebt altijd al veel fantasie gehad,' zei hij. 'Gaat wel weer over hoor.'

'Pap, het gaat niet over. Oma heeft het nog steeds en die is oeroud.'

'Die moeder van Clarisse is me er eentje,' zei hij en daarmee was de kous af. Ik vond het écht niet leuk wat hij zei. Oma beweert dat je het er beter niet over kunt hebben met anderen, alleen met mensen die parelwit in hun aura hebben. 'Net als wij,' zei ze, en toen gaf ze me een bokkenpootje, want die haalt ze altijd speciaal voor mij in huis.

Alleen die keer met die kakker van een Layla kon ik mijn mond niet houden. Weet je wat Stens zei? 'Turquoise, zei je? Schat, helemaal mijn lievelingskleur.'

'Je maakt je mooier voor Stens dan voor Rob,' zeg ik tegen Clarisse.

'Kom op,' zegt ze quasi beledigd. 'Ik maak me altijd mooi.'

'Mam, je lijkt wel een bakvis.' Zo noemt ze mij wel eens nu ik op de middelbare school zit.

Clarisse kijkt me van onder haar oogleden glimlachend aan. 'Goed, je hebt gelijk. Ik heb Stijn al heel lang niet meer gezien, en ik vind het best spannend. Je hoeft echt niet bang te zijn dat we weer bij elkaar komen, hoor. Ik wil alleen niet dat hij zegt dat ik veel ouder ben geworden.'

De bel gaat.

Een giga limousine staat voor de deur. 'Stens laat u ophalen,' zegt een chauffeur in een pinguïnpak.

'Niet waar,' zeg ik. 'Stens kan elk moment komen.'

'Sorry, hij vroeg me u op te halen. Hij zit in de studio in Amsterdam.'

Ik kijk naar mam. Ze zet haar tanden in haar onderlip. 'Mam, niet kwaad worden. Pap kan het ook niet helpen. Hij is nu eenmaal artiest.'

'Jij bent anders wel zijn dochter,' zegt ze met een verbeten trek om haar mond. Ze smijt de deur voor de chauffeur dicht.

'Mam, stop it!' zeg ik, en trek de deur weer open. 'We komen,' zeg ik tegen de chauffeur die als bevroren staat te wachten.

'Ga jij maar,' zegt Clarisse. Ze trekt de speld uit haar haren en schudt ze wild los. 'Ik ben allergisch voor limousines,' zegt ze tegen de chauffeur. 'Kijkt u maar, mijn gezicht is helemaal opgezet. Alleen door naar die bak te kijken.'

'Mam!'

'Ga jij maar,' zegt ze fel. Daarna een diepe zucht en een zoen op mijn hoofd.

Nog geen uurtje later zit ik in een opnamestudio in Amsterdam-Noord. Stens staat met een gitarist een nummer uit te proberen. 'No, Jay, let's put it in d-minor.' (Of Jay in d-mineur kan spelen.) Ik zwaai naar pap.

'Sorry, meis,' zegt hij als hij even later naar me toe komt. 'Ik hoorde vanmorgen pas dat Jay in Amsterdam was.

Dit nummer wilde ik al heel lang met hem spelen.'
'Pap,' zeg ik alsof ik hem gister nog zag, terwijl dat al
zeker drie maanden geleden is, 'mam is allergisch voor
limousines.' Ze is helemaal opgezwollen en rood, dank-
zij jou.'
'Sorry, dear,' zegt hij.
'Pap, praat ff normaal. Je bent nu in Nederland hoor.'
'Goed, Sien (zo noemt hij me soms). Als jij even wacht
tot we klaar zijn, dan gaan we daarna naar de
Japanner.'
Even duurt vier uur. Ik krijg cola, chips en ijsjes. Had
ik dat geweten dan had ik mijn boek meegenomen of
een extra moeilijke sudoku.
Eindelijk komen ze het opnamehok uit. 'Kom, Sien,
we gaan eten. Jay, had ik je al voorgesteld aan Zina,
mijn dochter?'
Pap praat Engels. Ik versta het best, maar hij moet echt
niet denken dat ik in het Engels terug ga praten.
'Ze is mijn songwriter, wist je dat?' (In het Nederlands
zeg je 'liedjesschrijver'. Dat klinkt meteen zo suf.)
'Wow,' zegt Jay en trekt een blikje bier open.
Dat vind ik tof van pap. Ik heb een liedje over mijn
hond Bubba geschreven. Samen hebben we het vertaald
naar het Engels, en nu staat het op zijn laatste CD.

Bubba is my baby
She's black, wild and cool
Always running ahead
Chasing a horse or a shoe
And I'm feeling the fool!

(Bubba is mijn scheetje
Ze is zwart, wild en 'cool'
Altijd rent ze voor me uit
Achter een paard en een schoen
En ik voel me een grote 'fool'!)

'Fool' betekent gek, maar het woord 'cool' kent nu eenmaal iedereen en dat rijmt niet op gek. Daarom is het makkelijker om songteksten in het Engels te schrijven, die taal rijmt gewoon lekkerder. Pap heeft de tekst over Bubba gebruikt, vooral omdat hij 'black, wild and cool' zo geweldig vond aansluiten bij: 'And I'm feeling the fool!'

Bubba was mijn cadeautje van Stens omdat ik officieel puber werd, toen ik naar de middelbare school ging (vond hij). Bubba was nog geen vier maanden, zo'n schattig donzig bolletje met van die dikke pootjes. Er kwam een man aan de deur met een puppy met donkere krulletjes, een soort kruising tussen een poedel en een bouvier. Ze was zo snoezig, dat ik meteen was verkocht. Bubba zei niet 'waf', maar 'boe' en mam zei 'bah'. Ik mocht de bende meteen opruimen. Ik geloof niet dat Clarisse erg blij was met ons nieuwe familielid, maar ze kon er niets van zeggen. Het was nu eenmaal een cadeau voor mij.
De afspraak was wel dat ik Bubba moet uitlaten. De eerste keer was meteen zo grappig. Klein als ze was, blafte ze naar een paard dat pal langs haar liep. Het

paard schrok zo dat het ervandoor stoof, en de ruiter verloor van schrik zijn handschoen. Bubba pakte de handschoen meteen. In die tijd pakte ze alles nog in haar bek. De ruiter draaide zich om en was razend op me, omdat ik mijn hond in zijn handschoen had laten happen. En mam was razend op Stens, omdat zijn cadeautje haar meteen een nieuw paar chique handschoenen kostte.

Myrna en June

Myrna heeft het ontdekt. 'Weet je dat een liedje van Stens over Bubba gaat?' vroeg ze me op het schoolplein.

'Weet ik, hoezo?'

'Ik ben niet zo op Stens, hoor, maar het is wel een grappig liedje. En het is zo toevallig dat jouw hond Bubba heet.'

'Ja hè,' zei ik, en ik gniffelde in stilte omdat het nu niet bepaald toevallig was. Tegelijkertijd was ik afgrijselijk beledigd en probeerde ik zo onverschillig mogelijk te vragen: 'Waarom ben je niet zo op Stens?'

'Muziek voor oudjes,' zei Linne, een meisje uit onze klas, dat erbij was komen staan. 'Mijn moeder gaat uit haar dak als ze Stens ziet.'

'Mijn moeder anders niet,' en nu loog ik niet eens.

'Maar ik vind dat hij wel goed zingt.'

'Vind ik toevallig niet,' zei Linne.

'Dat liedje over Bubba is best gaaf,' zegt Myrna. 'Maar tegen June kan niemand op.'

Ik was blij dat Myrna vroeg of we naar haar zouden gaan. Linne woont gelukkig de andere kant op, dus die waren we kwijt.

Bij Myrna thuis is het een gezellige bende; haar moeder heeft altijd keihard de radio aan, en Myrna heeft ook nog een vader en drie broers. Bij mij thuis is het meestal stil, want Clarisse zit bijna altijd in haar kamer achter de pc te ontwerpen.

Op mijn kamer hangen veel foto's van June, Myrna's
kamer hangt er helemaal vol mee.
Ik vind June vooral goed vanwege haar stem en haar
teksten, en ook omdat ze zo danst. Bij Myrna is het
anders. Voor haar is June het summum, zo wil zij eruitzien. Ze wil modeontwerpster worden en ze maakt alle
kleren van June na. Vraag me niet hoe ze het doet. Ze
tekent ze eerst in het klein, en daarna op patroonpa-
pier. Écht heel bijzonder.
Ze is er al een beetje beroemd om op school. Ze heeft
de bijnaam Juni (grapje, variant op June) en ze vindt
dat ik er altijd zo saai uitzie.
'Je ziet er supergewoon uit,' zei ze laatst toen we op
haar kamer waren.
'Nou zeg, hou ff op,' ik wist niets anders te zeggen. Al
wil je niet opvallen, zoiets wil je nu ook weer niet
horen.
'Pas deze rok eens,' zei ze. Ze gaf me een doorschijnen-
de oranjegele rok. 'Helemaal te gek,' zei ik, toen ik
voor de spiegel draaide. 'Hij past precies.'
'Logisch dat hij je past, dommie,' zei Myrna. 'We hebben dezelfde maat. Wil je hem hebben?'
'Ik weet niet of ik hem wel aan durf,' zei ik zachtjes.
'Maakt niet uit,' zei ze.
Ik draaide nog een keer voor de spiegel. 'Die rok is wel
erg tof,' wilde ik zeggen, maar net op dat moment
begon Myrna *Summer in Heaven* van June te zingen.
Het werkte op mijn lachspieren. 'Hè,' zei Myrna quasi
beledigd. 'Vind je dat ik vals zing?'
'Vals als de pest.' We keken elkaar aan en tegelijkertijd

kregen we een lachstuip. We deden een wedstrijdje wie het beroerdst zong. We rolden over de vloer van het lachen. Elke keer als een van ons een woord kraste, moesten we nog harder lachen. Ik plaste er bijna van in mijn broek. 'Hou op!' riep ik. 'Hou alsjeblieft op!'

Kas

Kas is op Myrna. Kas is een enorm stuk. Hij is lang, heeft lange blonde haren en hij zit al in de derde. Hij is donkergroen, en ik weet niet of dat zo goed samengaat met het violet van Myrna. Ik heb Myrna nog niet durven vertellen van de kleuren. Ze heeft geen parelwit draadje. Ze gelooft me vast niet, dus kan ik beter maar niets zeggen. Nog niet, in ieder geval.

Kas is zeker een kop groter dan Myrna. Zij staart hem met haar grote ogen als een bakvis aan. In de pauze kwam hij op haar af. Hij zei dat hij haar leuk vindt, en of ze met hem naar Pop for Peace wil, het grote vredespopconcert na de kerst in de ArenA.

'Ik weet niet of ik wel mag van thuis,' zei Myrna.

'Nou,' zei hij. 'Dan vraag je het.'

'Ik vind het lullig voor Zina,' zei ze.

'Is dat je vriendin? Nou, dan gaat Zina toch ook mee. Alleen voor haar heb ik geen kaartje, dat moet ze dan zelf kopen.' Daarop wisselden ze hun mobiele nummers uit. Myrna wist niet hoe snel ze naar mij toe moest komen om het te vertellen.

'Die heeft lef,' zei ik, en: 'Ik heb misschien al een kaartje.'

'Hoe kom je daaraan?'

'Via een vriend van mijn moeder.' Ik loog niet echt, want Clarisse en Stens zijn nog steeds wel een beetje bevriend.

'Weet je,' Myrna kwam dichter bij me staan en begon zachter te praten. 'Weet je dat Kas de zoon is van Frank van der Wel, de schrijver?'

'Nou en?' zei ik.

'Misschien heeft hij daarom kaartjes.'

'Wat een onzin,' zei ik. 'Wat heeft een popconcert nu met boeken te maken?'

'Die man is hartstikke beroemd.'

'Nou en? Dat maakt Kas er toch niet beter op.'

'Wat doe jij vervelend, zeg,' Myrna draaide zich om en wilde weglopen, maar ze bedacht zich. 'Volgens mij ben jij gewoon jaloers. Kas is echt een waanzinnig stuk, en ik ga alles op alles zetten om met hem naar Pop for Peace te gaan.'

'Je doet maar.' Het was voor de eerste keer dat we een beetje ruzie hadden. Stomme gozer. Op dat moment wist ik helemaal zeker dat ik Myrna nooit van Stens zou vertellen.

Als ze die Kas al zo interessant vindt vanwege zijn vader, wat zal ze dan wel niet van mij vinden?

Twijfels

Thuis loop ik als eerste naar mijn pc om Stens te mailen. Ik heb hem nog niet gemaild sinds ik hem in Amsterdam heb gezien, een paar weken geleden.

Hoi pap, gaat-ie goed daar? Ik heb een beetje ruzie gehad met Myrna. Zij gaat met een jongen naar Pop for Peace. Ik mag mee (als ik zelf een kaartje koop). Ik ga liever met jou mee. Wanneer kom je nu weer naar Nederland? Ik zou het súúúúúúper vinden als je met kerst hier bent. En heus niet alleen voor de cadeaus hoor (grapje)! Gaan we dan samen iets leuks doen?
Dag pap, laat snel ff iets horen.

Nog geen vijf minuten later krijg ik al antwoord. Grappig idee dat het bij hem nu ochtend is, en dat hij met zo'n grote bak slurpkoffie achter zijn pc zit en mijn bericht leest.

Hoi Sientje. Goed idee. Laten we samen wat gaan doen. Waar heb je zin in? Je wordt al zo groot en ik weet niet meer precies wat een puber nu wel of niet leuk vindt. Natuurlijk ga je met me mee naar Pop for Peace, gekkie. Ik kom een paar weken van tevoren al naar Nederland, omdat er veel moet gebeuren. En ik heb het nu eenmaal bedacht en zit in de organisatie. Zal ik je ook een top secret vertellen? June komt (misschien).
Ik heb haar laatst ontmoet op een party. Ze ziet er geweldig uit, zeg. Ik ga haar voorstellen om samen een duet te

zingen. Het is trouwens nog niet helemaal zeker of ze
komt, dus hou het nog ff geheim.
Oké pap!
Je bent een toffe gozer. Ciao, mail ik terug.
June komt, écht gaaf! Misschien kan ik wel met haar
praten, als ik met pap backstage ben. Dat moet Myrna
weten! Ik pak de telefoon, druk op Myrna's nummer,
schrik, verbreek de verbinding, leg de telefoon weer
weg en trap tegen een stoelpoot. Kan niet, mag niet.
Shit.

'Mam, Stens schrijft dat June misschien naar PfP komt.' Ik duw de deur van Clarisse's werkkamer open. Verdwaasd draait ze zich om. 'Mooi meis, dat is leuk, dan kun je haar misschien ontmoeten.'
'En pap gaat misschien een duet met haar zingen.' Meteen vertrekken de lippen van Clarisse tot een dunne lijn. 'Is hij weer bezig,' zegt ze bozig.
'Mam, doe ff normaal! Pap gaat heus niet met elke vrouw, hoor.'
'Wat weet jij daar nou van,' zegt ze en draait zich weer naar het scherm.
'Bah, zijn alle gescheiden ouders zo?'

'Bubba, kom!' Ik moet even naar buiten, om mijn gedachten te ordenen. Bubba springt op en hobbelt met me mee. Zo snel als ze kan, pakt ze een tak in haar bek, en loopt tevreden kwispelend verder.
Was ik maar een hond, denk ik als we het smalle zand- pad oplopen. De grijze wolken trekken samen aan de hemel. De eerste natte vlokken sneeuw vallen om ons heen. Bubba springt erachteraan en kijkt verbaasd hoe de sneeuw voor haar ogen uiteenvalt.
Ze is zo grappig, mijn hondje. Ze is het leukste cadeau dat ik ooit heb gehad. 'Was ik jou maar, Bubba,' zeg ik tegen haar. 'Alleen maar achter sneeuwvlokken aan ren- nen. Was het allemaal maar zo makkelijk.'

Ik word nog gek. Heb ik zojuist het mooiste nieuws van het jaar gehoord, en nu kan ik er niets mee. Ik vind het helemaal te gek om June in het echt te ontmoeten, maar

ik kan er met niemand over praten. Als ik het tegen
Myrna zeg, vraagt ze zich af hoe ik dat weet.
Als ik met Myrna en Kas meega, dan kan ik niet bij
pap zijn en al helemaal June niet zien. Crazy!
Het liefst zie ik June samen met Myrna. We zouden
haar dan honderduit vragen, en zij zou alle tijd voor
ons hebben.

'Bubba, hier!' Bubba rent achter een konijn aan.
Gelukkig is ze nog niet snel genoeg met haar donzige
pootjes.

Shoppen

We doen geloof ik het stomste wat we hadden kunnen doen. Shoppen op zaterdag, in december. Het is megadruk. We staan in de rij voor de paskamers van H&M. Myrna heeft een bordeauxrood vestje gezien dat perfect past bij de fluwelen paarse jurk die ze heeft gemaakt. Nu wil ze ook nog twee T-shirts passen, en ik de oranje trui waar ik al langer mijn zinnen op heb gezet. Ik heb mijn kledinggeld voor deze maand er al doorheen gejaagd, door een veel te duur jack voor de winter te kopen. Stens heeft wat extra geld op mijn rekening gestort. 'Niets tegen Clarisse zeggen,' zei hij erbij.

Misschien koop ik nu ook wel die broek met die zakken op de knie bij Jeans & Co.

'Denk je dat ik de jurk aan kan naar het concert?' vraagt Myrna, het vestje nauwkeurig bestuderend.

'Best, maar volgens mij is het zo koud, dat je toch je jas aanhoudt.'

'Ze doen vast het dak van de ArenA dicht, en het is hartstikke warm als je met zijn allen op elkaar staat. Ik wil trouwens zo ook nog even naar nieuwe laarzen kijken.'

Sinds Kas haar heeft meegevraagd, hangt er een fuchsia-rode cirkel om Myrna's hoofd. Hij draait als een razende om haar hoofd, alsof ze steeds aan hetzelfde denkt.

'Volgens mij ben je verliefd,' zeg ik zachtjes tegen haar.
'Hou toch op, zeg,' ze stoot me aan. 'Al is Kas natuur-
lijk wel een stuk.'
'En wat als hij wil zoenen?'
'Hm,' bromt Myrna. Ze bloost, maar zegt: 'Hou ff op,
zeg. Je gaat wel mee, hoor. Je kon toch een kaartje rege-
len via die vriend van je moeder?'
'Maak je niet ongerust. Ik laat jou toch niet alleen gaan
met zo'n rare knakker.' Het ligt op het puntje van mijn
tong om te zeggen dat June komt.
Ik had het eruitgeflapt als ik niet een klopje op mijn
schouder had gevoeld.
'Zina? Wat toevallig dat ik jou hier tegenkom.'
De moeder van Masja staat naast me. De kringel om
haar hoofd is poepbruin, zo suf. 'Hallo,' zeg ik. 'Is
Masja er ook?' vraag ik snel. Straks begint ze nog over
mijn vader. Met haar stond pap op de kaft van dat rod-
delblad. Daarna vertelde ze aan iedereen die het maar
wilde horen, dat ze écht wat met Stens had gehad.
Mocht ze willen.
'Masja had geen zin. Ik doe kerstinkopen, dat is hier
veel makkelijker dan in Amsterdam. Heb je het naar je
zin in Haarlem?'
'Best.'
'Hoe is het eigenlijk met je vader?'
'Goed hoor.'
'Komt er weer eens een nieuwe cd uit?'
'Hij is gestopt met zingen.' Vanuit mijn ooghoeken
kijk ik naar Myrna, die met gespitste oren luistert.
'Sinds wanneer?' De moeder van Masja kijkt me aan

alsof ik van Mars kom. 'Ik heb er niets over gehoord.
Heeft het iets met dat voorval te maken?'
Voorval, denk ik. Ze noemt het 'een voorval'.
'Hij heeft last van zijn keel,' lieg ik erop los en stap
naar haar toe, in de hoop dat Myrna ons niet hoort.
'Vreemd. Ik heb er nergens iets over gelezen. Hij komt
toch ook op Pop for Peace?'
'Nee hoor,' zeg ik snel. 'Hij heeft geen zin.'
'Vreemd, ik dacht dat hij zo'n beetje de organisator
was.'
Ik haal mijn schouders op. Ging ze nu maar weg.
'Oh, tja. Nou, dan ga ik maar weer.'
'Dag,' zeg ik en haal opgelucht adem.
'Wat was dat over je vader?' vraagt Myrna. 'Is hij zan-
ger?'
'Nee, ben je gek. Hij zong met haar in een koor. Zij is
een vreselijke zeur. Volgens mij vond ze pap wel leuk.'
'Ze zei toch dat hij op Pop for Peace komt? Of heb ik
dat niet goed verstaan?'
'Volgens mij gingen ze samen naar concerten.'
'Had je vader wat met haar?'
'Zeg, hou ff op. Ik moet er niet aan denken om zo'n
paardenbek als stiefmoeder te hebben.'
Myrna begint te giechelen. 'Dat kun je wel zeggen.' Ik
giechel mee. Daar heb ik me mooi uit gered, denk ik.
Als ze weet dat Stens mijn vader is, wil ze vast nog
meer weten. En ik kan er nog niet over praten.
Er staan nog vier wachtenden in de rij voor het pashokje.
'Je gaat me toch niet vertellen dat je vader voor concer-
ten naar Nederland komt,' zegt Myrna en kijkt me met

haar fonkelogen aan. Zo kijkt ze altijd als ze lol heeft.
Nog drie wachtenden. Hoe red ik me hier nu weer uit?
'Ben je gek. Hij woont pas sinds een jaar in New York,
hoor.' Als ze nu maar niet verder doorvraagt.
'Wat doet hij dan eigenlijk?'
'Wij zijn aan de beurt,' zeg ik en duw Myrna naar
voren. 'Hij, eh, hij verkoopt cd's.' Eigenlijk is er niets
gelogen van wat ik zeg, toch?

We proppen ons de paskamer in. De T-shirts zitten
Myrna als gegoten. De oranje trui is er alleen in een
baby-maatje. Ik lijk er wel een opgezette olifant in. Ik
ben blij als we de winkel uit kunnen. Myrna koopt nog
puntlaarsjes en ik vind een donkergroenblauw vestje en
een Dieselspijkerbroek. Eindelijk voel ik me weer eens
helemaal tof in nieuwe kleren.
We moeten ons een weg banen door de mensenmenig-
te. Bij de Bruna zie ik de *Knaller* met een foto van mijn
vader op de kaft. 'Stens druk in de weer met Pop for
Peace en zijn nieuwe vlam.'
'Even kijken of June ergens staat,' zeg ik tegen Myrna.
Als eerste pak ik het blad. Weer een andere vrouw, niet
Layla. Wie zou dit nu weer zijn? Ik weet dan wel dat de
bladen voortdurend onzin schrijven en dat de paparazzi
in het wilde weg foto's schieten, maar toch is het niet
fijn om pap steeds met een ander op de cover te zien.
Ik zal hem toch eens vragen met wie hij nu is.
Myrna kijkt mee over mijn schouder. Ik blader snel door.
'Kijk, June,' zegt ze, en ze legt haar hand op de pagina
grote foto. 'June zingt haar songs niet zelf,' staat er boven.

'Zou dat waar zijn?' vraagt Myrna me.

'Tuurlijk niet. Die bladen schrijven alleen maar onzin.'

'Zoiets kun je toch niet liegen,' zegt Myrna, die uitgebreid de blauwe jurk van June bestudeert.

'Die bladen verkopen alleen maar leugens,' zeg ik.

Blijkbaar zeg ik het met zo'n zelfverzekerde toon, dat Myrna zich oprecht verbaasd afvraagt: 'Hoe weet jíj dat nu zo zeker?'

'Gewoon, daar lees je steeds over. Ik betaal wel,' zeg ik snel en loop naar de kassa.

Als ik straks thuis ben, lees ik op mijn gemak het artikel over pap en ik zal hem ook vragen wat hij weet over de stem van June. Volgens mij zingt ze écht zelf. Die stem past hartstikke bij haar.

In the morning sun

'In the morning sun'. We zingen keihard mee met de laatste hit van June. Ik draai in de lange zwarte rok van Myrna voor de spiegel, en Myrna draait in haar paarse jurk met het nieuwe bordeauxrode vestje. We hebben oogschaduw, een oogpotlood en mascara bij de Hema gekocht en donkere vlekken van onze ogen gemaakt. Myrna ziet er geweldig uit. Met haar nieuwe puntlaarzen is ze echt een beetje heksie. Eigenlijk heeft June meer iets elfs. We proberen het dansen van June na te doen. Ze danst zo anders dan Beyoncé of Shakira, ze zweeft als het ware over het podium. Ze gooit haar benen de lucht in, haar rok zwiert mee, dan draait ze in de rondte, heel snel, steeds sneller, en haar lange haren volgen de draaibeweging. Myrna is helemaal weg van de jurk die June in de *Knaller* aan heeft. Een azuurblauwe jurk. 'Die ga ik voor jou maken,' zegt Myrna, die weet dat blauw mijn lievelingskleur is. Ze is echt de liefste vriendin die je je kunt voorstellen. Ze scheurt de foto uit het tijdschrift en plakt hem op haar deur, de enige plek waar nog geen foto van June hangt.
'Volgens mij ben je ook verliefd op June,' zeg ik.
'Hou toch op,' zegt Myrna, en draait door haar kamer.
'In the morning sun!' zing ik keihard. Robin, Myrna's broer, komt de kamer binnengestormd.
'Wie zong hier?'
Ik sta prompt stil. Myrna wijst naar mij.

'Jij kunt er wat van!' zegt Robin.

'Het was June hoor,' zeg ik zachtjes. Robin zit in de vierde, hij rijdt brommer en een paar meiden in onze klas vallen op hem. Ik voel me nooit helemaal op mijn gemak als hij in de buurt is. Het liefst zou ik wegkruipen achter een deur. Hij bekijkt me van top tot teen. 'Jammer dat je nog zo'n kleintje bent,' zegt hij. 'Anders kon je in mijn band zingen.' Robin speelt gitaar en soms zingt hij. Ik heb hem nog nooit zien optreden, maar heb hem wel gehoord als ze in de schuur repeteerden. Hij kan niet geweldig goed zingen hoor, helemaal niet eigenlijk. Maar ik geloof niet dat dit voor de meisjes uitmaakt. Ik word altijd verlegen van zijn ogen, ze zijn zo donker en fel.

'Ze heeft het vast van haar vader,' zegt Myrna. 'Die zingt.'

'Hoe kom je daar nou bij?' vraag ik geschrokken, want, geloof me of niet, op zo'n moment ben ik bang dat ze alles weet.

'Nou dat zei die moeder toch?'

'Grapje!' Snel zeg ik tegen Robin: 'Ja, die stem heb ik van mijn vader.'

'Mooi,' zegt hij. 'Maar die is te oud voor onze band.' En meteen daarna vraagt hij: 'Ga jij ook naar Pop for Peace?'

'Ik denk het wel.'

'Myrna mag alleen mee als ik ook meega,' zegt Robin, en hij kijkt pesterig naar Myrna. 'Ha ha, ze mag niet alleen met Kas.'

'Rot op!' zegt Myrna. 'Zonder jou kan ik wel, maar ik ga heus niet zonder Zina.'

Om Robin hangt een groene cirkel, net als bij Kas, maar dan lichtergroen, vrolijker. Ik heb Myrna maar niet verteld dat haar kleur vloekt met die van Kas. Zou mijn kleur passen bij die van Robin?

'Heb je trouwens je mobiel niet bij je?' zegt Robin. 'Jawel.' Ik pak hem uit mijn jaszak. Hij is uit, en ik krijg hem niet aan de praat. 'Vergeten op te laden.'

'Je moeder heeft net gebeld,' zegt Robin. 'Of je haar terug kunt bellen.'

Ik pak Myrna's mobiel. 'Het is al bijna zeven uur!' Ik schrik ervan. 'Mag ik even naar huis bellen?'

Net niet verraden

Clarisse wil uit eten. 'Zina, wat dacht je ervan om gezellig bij de Indiër te gaan eten?'
'Mag Myrna mee?'
'Mij best.'
'Heb jij Bubba al uitgelaten?'
'Wat dacht jij. Nog meer?'
'Ja. Mag Myrna blijven slapen? Van haar moeder mag het.'
'Mij best.'
'En mam, ik heb een super vestje gekocht. Niet dat oranje, weet je wel, maar een groenblauwe, echt heel cool en ook een nieuwe spijkerbroek.'
Een zucht aan de andere kant van de lijn.
'Heeft je vader je weer geld gegeven? Had je nu echt nog een broek nodig?'
'Hè mam, toe nou.'
'Oké schat, ik zal de sfeer niet bederven. We gaan lekker uit eten, doe jij je nieuwe kleren maar aan. Dan zien we elkaar zo meteen bij de Indiër. Goed?'
'Yes!' roep ik tegen Myrna. 'We gaan naar de Indiër en jij mag blijven slapen ook.'

Clarisse en ik zijn dol op Indiaas eten. Clarisse maakt het zelf ook heel vaak klaar, maar toch krijgt het nooit de smaak die het hier bij Goa heeft. We bestellen chapati's met van die zalige knoflooksaus, en dahl, en we eten met onze handen.

Clarisse vindt dat de kleur van mijn nieuwe vestje me goed staat. 'Matcht perfect met je ogen,' zegt ze.

En ze is helemaal weg van de paarse jurk van Myrna. 'Je begint steeds meer op June te lijken,' zegt ze tegen Myrna als ze even stopt met aan haar glas lassi te lurken. 'Je moet alleen je haar nog een andere kleur geven.'

'Zal ik dat doen?' zegt Myrna en ze kijkt naar mij.

'Beter nog, zullen we dat samen doen?'

'Ik hou meer van naturel,' zeg ik. 'En die lassi is te zoet.'

'Zina, had je me trouwens niet gezegd dat June ook naar Pop for Peace komt?' vraagt Clarisse me opeens.

Ik geef haar een trap onder tafel. Ze verslikt zich prompt in haar yoghurtdrank.

'Gluh,' hikt ze nog na van de slok, die haar verkeerde keelgat inschoot. 'Ik heb het vast van iemand anders gehoord of ergens gelezen.'

'Komt June?!' roept Myrna uit. Ik kijk haar schuins aan en knik. Als ze nu maar niets doorheeft, denk ik.

'Je moet nu echt snel een kaartje kopen, hoor!'

'Ik heb al kaartjes,' zegt Clarisse snel. 'Misschien ga ik ook wel mee.'

'Toe mam,' zeg ik. 'Hou ff op zeg! Jij bent veel te oud.'

'Ben je gek, zeg. Tegenwoordig gaan vaders en zonen samen naar concerten, dus kunnen moeders en dochters ook.'

'Als je mij maar met rust laat.' Straks schaam ik me nog dood, ben ik de enige die met haar moeder op stap gaat. En mijn vader is er ook al. Stilletjes zit ik te gniffelen om die stomme gedachten. Eigenlijk heb ik mooi mazzel met die jonge ouders. Clarisse is pas 32 en Stens 34. De ouders van de meeste kinderen in de klas zijn al over de 40, en soms zelfs over de 50.

'Over vaders gesproken,' gaat Clarisse verder. 'St... Je vader heeft nog gebeld. Hij komt volgende week geloof ik al. Hij wil het weekend wat leuks met je doen.'

'Yes!' roep ik uit.

Myrna prikt in een stukje kip. Ze zegt zachtjes: 'Toch niet in het weekend van Pop for Peace, hoop ik.'

'Natuurlijk niet,' flap ik er iets te snel uit.

'Soms zou ik ook wel gescheiden ouders willen hebben,' zegt ze zachtjes. 'Dan gebeurt er tenminste wat in je leven.'

Waarom komt Stens eigenlijk eerder? wil ik vragen aan Clarisse. Net op tijd bedenk ik me, en slik mijn vraag in. Stel je voor dat ze zegt 'optreden' of 'een clip opnemen'. En dat Myrna dan nog meer vragen gaat stellen.

Als we op mijn kamer zijn, leggen we twee matrassen tegen elkaar. Buiten is het min 10. De matrassen zijn zo goed als bevroren omdat Clarisse de cv altijd uitzet als we weggaan.

'Jij hebt echt een supermoeder,' zegt Myrna als we tegen elkaar aan kruipen om het warm te krijgen. 'Ze neemt je zomaar uit eten, en je kunt overal met haar over praten. Ze wil zelfs mee naar een popconcert.'

'Hou toch op,' zeg ik. 'Zou jij willen dat je moeder meegaat?'

'Wel als ik alleen met jou zou gaan, maar nu Kas erbij is …'

'Zie je, dat bedoel ik.'

'Hoe is je vader dan?'

'Best,' zeg ik.

'Je hebt het bijna nooit over hem.'

'Wat valt er te vertellen. Hij is écht ontzettend grappig. Alleen, hij is er bijna nooit.'

'Weet je,' zegt Myrna en aan de toon hoor ik dat ze het over iets anders gaat hebben. In stilte haal ik opgelucht adem. 'Misschien vind je het wel stom hoor, maar weet je wat ik nu heel graag zou willen weten? Of June haar kleren zelf ontwerpt of dat ze alles bij een couturier bestelt.'

'Couturier?'

'Je weet wel, zo iemand die mooie kleren ontwerpt. Wil ik ook worden.'

'Dat kan toch niet, dat je kunt dansen en zingen en ook nog zelf je kleren maakt.'

'Denk ik ook niet,' zegt Myrna, 'Ik wil het gewoon weten. Zomaar, het interesseert me. Ik zou het haar wel willen vragen.'

Sinds Clarisse heeft verraden dat June ook komt, ben ik zo bang mijn mond voorbij te praten.

Soms voel ik me net een spin, die in zijn eigen web komt vast te zitten. Eigenlijk wil ik niets liever dan die vraag aan June stellen. Dat is zo gepiept via het management van pap.

Dan vraagt Myrna natuurlijk hoe ik dat zo snel voor elkaar heb gespeeld. Wie krijgt er nu ooit antwoord van

een popster? Pap heeft daar iemand voor ingehuurd.
Weten zijn fans veel.
Als Myrna er ooit achter komt hoe ik lieg, zou ze dan
nog wel mijn vriendin willen zijn? Mijn beste vriendin?

Als ik wakker word, ligt Myrna nog te slapen.
Ik kruip voorzichtig mijn bed uit. Bubba springt tegen
me op zodra ik de gang in loop. 'Kom maar.' Ik gooi
wat brokken in haar bak, en open de keukendeur zodat
ze de tuin in kan. Normaal laat ik haar meteen uit,
maar daar heb ik nu even geen zin in. 'Poep er maar op
los,' zeg ik tegen Bubba die me vragend aankijkt. 'Ik
ruim het wel op hoor. Straks mag je achter de bal aan
rennen.'
't Is heel stil in huis. Als vanzelf loop ik naar de tv.
Zondagochtend, *Villa Achterwerk*. Dan bedenk ik me.
Zachtjes zet ik June op, en dansend op *In the morning
sun* leg ik de chocoladecroissants in de oven. Ik pers
sinaasappels uit. Vroeger maakte ik samen met Stens
zo'n ontbijt voor Clarisse. Die ligt nu nog op één oor.
Het kraakt op de trap. Myrna kijkt nog half versuft de
kamer in. Ze glimlacht als ze alle lekkere dingen ziet
die ik heb klaargezet.
'Yes! The morning sun!' zegt ze en rekt zich uit.
Een winters zonnetje schijnt door het raam naar binnen. 'Zullen we zo Bubba uitlaten?' Bubba staat te
kwispelen voor het raam.
Clarisse steekt haar hoofd om de deur. 'Mag ik erbij?'
Ze ziet eruit als een verkreukelde theedoek. Dat heeft
ze vaker 's morgens. Pas langzaam trekt haar gezicht

weer glad. Hoe zal ze eruitzien als ze net zo oud is als oma, schiet het door me heen.

Pal daarna verschijnt het gezicht van Rob. 'Kan ik er ook bij?' vraagt hij quasi vrolijk.

'Eigenlijk niet,' zeg ik. 'We hebben maar drie croissantjes.'

'Dan delen we die toch,' zegt Clarisse.

'Ik wist helemaal niet dat Rob er was. Waarom slaapt hij niet gewoon thuis?'

'Nou schat,' zegt Clarisse geïrriteerd, 'daar had hij even geen zin in.'

Myrna mag het dan spannend vinden om gescheiden ouders te hebben, ik had liever dat ze nog bij elkaar waren. Dan weet je tenminste waar je aan toe bent, en schuift er niet zo'n ongewassen hoofd bij aan tafel.

Ik prop mijn croissant naar binnen, en zeg tegen Myrna: 'Kom, we gaan Bubba uitlaten!'

'Wat is dat voor knakker?' vraagt Myrna even later.

'De lover van mam.'

'Heb jij al gehoord van het schoolfeest?' gaat Myrna net zo makkelijk over op een ander onderwerp.

'Wat bedoel je?'

'Robin mag er optreden met zijn band.'

'Nee! Ze hebben toch geen zangeres?'

'Wat maakt dat uit,' zegt Myrna en haalt haar schouders op. 'Dan zingt Robin toch. Als je danst, hoor je toch niet hoe vals hij zingt.'

We lopen het weiland op. Ik gooi de bal weg, en Bubba holt erachter aan. Ze is zo koddig op haar pluizige pootjes. Als ze rent, is het altijd of ze tegen de wind in

gaat, zo schuin loopt ze.

Om beurten gooien we de bal. Bubba weet van geen ophouden.

'Zoek bal!' roept Myrna.

'Zullen we teruggaan?' zeg ik. 'Mijn oren zijn bevroren.'

'Zou June echt niet zelf zingen?' vraagt Myrna zich hardop af terwijl we teruglopen. 'Omdat zingen en dansen samen misschien heel moeilijk is.'

'Welnee. Kijk maar naar Madonna of Beyoncé.'

'Ik weet niet of ik haar nog zo goed vind als ze niet zelf zingt.'

'Natuurlijk zingt ze zelf,' zeg ik. 'Weet je, ik stuur haar een mail. We kunnen het toch vragen.'

'Geloof je het zelf?' zegt Myrna.

Zeker weten, denk ik, maar ik zeg: 'Komt Kas ook naar het schoolfeest?'

Myrna knikt. Ik weet niet of ze rode wangen heeft van de kou of omdat ik het over Kas heb.

'Je gaat wel met mij dansen, hoor!' zeg ik zogenaamd beledigd.

'Wat dacht jij!' zegt Myrna.

Als we bij mijn huis zijn, gaat ze er meteen vandoor. Morgen een proefwerk van Engels.

'Ruim jij de drol van Bubba op,' zegt Clarisse als ik door de achterdeur binnenstap. Ik zie Rob boven de krant hangen.

'Shit!' Iets anders komt er even niet in me op.

Spinnenkind

Hoi Pap,

*Mam zei dat je hebt gebeld en dat je al snel naar
Amsterdam komt. Tof pap. We gaan wat leuks doen, hè?
Dat heb je beloofd. Gisteren heb ik met Myrna nieuwe
kleren gekocht en die doe ik aan als ik met jou ben. Echt
een vetgave Diesel en een vestje dat er precies bij past.
Pap, je vindt het misschien stom, maar ik zou heel graag
weer eens naar Artis gaan (weet je waarom? Ik moet
altijd aan jou denken als ik die apen zie. Grapje!) Gaan
we daarnaartoe? Dan moet je wel je snor op, hoor.
Niemand mag je herkennen.*
*Hier is het berekoud, bij jou ook? Jij zal nu wel slapen hè?
Nog wat, pap. Myrna en ik lazen in de Knaller (ken je
dat blad eigenlijk?) dat June niet zelf zingt. Daar geloof
ik helemaal niets van. Zoiets zuigen ze toch uit hun
duim? Ik zag je ook weer met een andere vrouw op de
foto, een beetje dikke met knalrood haar. Heb je nu weer
een nieuwe vlam en heb je die helblauwe Layla het huis
uit gezet?*

Laat je snel wat horen?
Dag, Zina

*+ Pap, gister had ik weer een idee voor een song. Wat
vind je van de tekst?*

De song heet Spinnenkind, of Spidergirl

Ik ben een spinnenkind
Ik kleef alles aan elkaar
En als je niet uitkijkt
Raak je verstrikt
In mijn kleverige haar

Ik maak me piepklein
Wil er even niet zijn
wentel me in lagen,
Diep in mijn web
Hou nu op met je vragen

Ik vind dat ik nog verder moet met de song. Zal ik hem laten lezen aan Myrna? Of ligt het er dan te dik bovenop?

De limousine

Er rijdt een limousine langs school. Bijna iedereen
volgt de slee. Stens, is het eerste wat er door me heen
schiet.

Wie zou erin zitten? vraagt Linne zich af. De ramen
van de slee zijn geblindeerd.

'President Bush,' grapt Myrna.

'Vast een of andere voetbalheld,' zeg ik. Of Stens, denk
ik erbij.

De auto stopt gelukkig niet, want ik weet haast zeker
dat het Stens is. Het is exact dezelfde wagen als laatst,
ik herken hem aan de drie rode strepen.

'Ga je met me mee?' vraagt Myrna.

'Nee, ik ga naar huis.' Ik weet niet hoe snel ik weg
moet komen. En ja hoor, de limousine staat voor ons
huis. Een paar buurjongens staan eromheen. 'Wat een
kar! Heb jij een rijke oom, of zo?' vraagt er een. 'Mijn
vader handelt in limousines, met chauffeur,' zeg ik, en
knipoog naar de chauffeur die een sigaretje staat te
roken. Dan loop ik snel naar binnen.

Stens zit tegenover Clarisse aan de keukentafel.
Gelukkig, een plekje waar niemand ons kan zien.
Eigenlijk ben ik woest op Stens, maar zodra ik hem zie,
vergeet ik alles en vlieg op hem af.

'Hoi pap, wat haal je nu weer voor grap uit.'

'Goeie stunt toch? Ik zag je wel hoor bij je school met
al die kinderen. Wat zeiden ze?'

'Ik zei dat er een verklede aap in zat. Had ik toch mooi gelijk.' Als een klein kind kruip ik bij Stens op schoot. 'Ik dacht dat we elkaar morgen pas zouden zien.' 'Sien,' zegt Stens. 'Ik hield het niet meer uit zonder je. En ik wilde de grijze zee weer eens zien. Ga je met me mee. Kijken of hij al bevroren is?' 'Stommerd, hij bevriest nooit. Enne, pap, je gaat toch wel incognito?' 'Denk je dat er nog een gek is die met 30 graden onder nul langs het strand loopt?' 'Iedereen,' zeg ik, en verkoop Stens een stomp tegen zijn schouder. 'Ga je mee, mam?' Clarisse schudt haar hoofd. 'Ik ga met Rob uit eten.' 'Kom op, mam. Jullie zien elkaar nooit.' 'Ik zie Rob ook bijna nooit,' zegt ze terug, en knipoogt naar Stens. 'Sien,' zegt hij. 'Ik wil jou gewoon helemaal alleen voor mezelf.' 'Let's go!' Ik graai snel wat spullen bij elkaar voor het weekend. Voor we de deur opentrekken, zie ik een muts op de plank boven de jassen. Het is de oude bivakmuts van Stens, die Clarisse om een of andere reden nooit heeft weggedaan. Sterker nog, als het heel koud is doet ze hem soms op, al ziet ze er dan niet uit. Ik geef hem aan Stens. 'Dat het ding nog bestaat,' zegt hij, en rekt de muts uit over zijn handen. Hij trekt hem over zijn hoofd. Nu zijn alleen zijn ogen, neus en lippen nog te zien. 'Incognito, you see. Nu denken ze allemaal dat ik

net een kraakje heb gezet.'
'Goeie pap,' zeg ik, en ga naast hem in de limo zitten.
Even kan het me niks schelen of iemand ons ziet of
niet. Ik heb de tofste pa die er is.
'Naar Zandvoort,' zegt pap tegen de chauffeur.
Er waait een ijskoude bries aan het strand. We rennen
het duin af naar de zee. Stens slaat zijn arm om me
heen. 'Straks zweef je er als een vlieger vandoor,' zegt
hij. Ik versta hem amper, de vrieswind suist om mijn
oren. Stens duwt me snel weer het duin op.
'En nu uit eten,' draagt hij de chauffeur op als we weer
in de limo zitten.
'Komt voor elkaar,' bromt de chauffeur vanaf de voor-
bank.
'Incognito,' zegt Stens en stoot me aan.
'Ga je soms met die bivakmuts op een restaurant in?'
'Je zult het zien,' zegt hij, en tegen de chauffeur roept
hij: 'Amsterdam!'
Eigenlijk is zo'n limo vet tof. Je kunt wegzakken in de
kussens. Er zit een bar in en een tv en een DVD-speler.
'Je bent wel een patser geworden, pap.'
'Hou toch op. Van Clarisse mag ik jou niet te veel ver-
wennen, dus maak ik mijn geld maar op deze manier op.'
'Je mag me best verwennen, hoor.'
'Goed, dan gaan we naar mijn lievelingsrestaurant.'
We stoppen voor een snackbar. De chauffeur komt
even later terug met twee patatjes oorlog en een paar
grote, vette kroketten.
'Heerlijk,' zegt Stens. 'Hier kan ik toch zo naar verlan-
gen als ik in New York ben.'

'Nu nog even een filmpje scoren.'

We gaan naar de Prinsengracht waar Stens zijn appartement heeft. Echt gaaf, het appartement, op drie hoog. 's Avonds zie je de lichten over de grachten, en de Westertoren die helemaal verlicht is. Er staat niet veel in de huiskamer, alleen een heel grote bank, waar je wel met zijn zevenen op kunt hangen. We gaan er lekker op liggen met zakken chips en flesjes cola tussen ons in (van Clarisse mag ik alleen cola als er een feestje is) en we kijken naar 'De mars van de Pinguïns', een grappige film over het leven van pinguïns op Antarctica. Ik smelt als ik de jonge donzige kuikentjes over het ijs zie dribbelen. 'Net Bubba,' zeg ik zachtjes.

'Oh ja?' zegt Stens, alsof hij opeens wakker schrikt. 'Je wilde toch naar Artis morgen?'

'Gaat het door?'

'Wat dacht je kind. Het hele weekend is voor jou. Er is morgenavond alleen een première van een film waar ik naartoe moet. Maar ik dacht dat jij dat vast niet erg zou vinden. Zondag heb ik trouwens een overleg over Pop for Peace.'

'Saai,' zeg ik.

'Wat nou saai. We zijn nu toch samen?'

'Jahaha,' zeg ik en denk: ik had het kunnen weten. Pap zal eens niet wat anders hebben. Nou ja, we gaan in ieder geval naar Artis.

'Pap,' zeg ik. 'Ik heb gelezen dat June niet zelf zingt, maar dat ze haar nummers door iemand anders laat inzingen. Is dat zo?' Ik heb nooit een antwoord gehad op mijn mail, vandaar dat ik het nu maar vraag.

'Hoe kom je daar nu weer bij? June kan geweldig zingen. Ze ís trouwens geweldig.'
'Pap, je hebt toch niets met haar?'
Stens graait in de chipszak.
'Pap, ik zie een roze vlek bij je, als je het over June hebt.'
'Hou toch op,' zegt hij met een mond vol. 'Wat je songtekst betreft, over de spidergirl. Great! Wordt een couplet in mijn nieuwste song.'
'Doe ff normaal, pap.'
'Nee echt, zonder liegen. Je hebt talent, kind, heus.'
Ik kruip tegen pap aan. 'Dan hebben we allebei een talent.'

Ik ben, geloof ik, op de bank in slaap gevallen, want ik weet niet hoe ik het bed in ben gekropen.
De volgende ochtend ontbijten we in het café onder Stens appartement en daarna gaan we naar Artis. Stens vouwt zijn bivakmuts om tot een gewone muts en zet zijn spiegelzonnebril op. Ik lig in een deuk. Hij ziet er gewoon niet uit.
We zijn een van de weinigen in de dierentuin. Als eerste gaan we naar de pinguïns, om te kijken of ze in het echt net zo leuk zijn als in de film.
Altijd als we bij de apen zijn begint Stens gekke bekken te trekken. Dit keer is er een aap die pap erg komisch vindt. 'Weg pap,' zeg ik als de aap zijn arm tussen de tralies door steekt. 'Ben je gek,' zegt Stens. ''t Is familie hoor.' En die stommerd steekt zijn hoofd naar voren, wat helemaal niet mag.

'Pas op!' Te laat. De aap vindt de bivakmuts blijkbaar zo leuk, dat hij hem van Stens hoofd rukt, en hem met veel omhaal op zijn eigen kop zet. Ik hou het niet meer van de lach. Er staan nog een paar mensen, en die moeten ook zo hard lachen. Zij om de aap, ik om het gezicht van Stens. Hij kijkt zo beteuterd. 'Daar gaat mijn incognito,' zegt hij. En ja hoor. 'Daar staat Stens!' hoor ik de vrouw naast me die het als eerste doorheeft. Nu gaan de ogen van de aap naar Stens. 'Mag ik een handtekening?' vraagt de vrouw. Het is weer voorbij, ik moet mijn vader weer delen. Prompt gaat ook nog de mobiel van Stens.

'Ze vragen of ik even naar de studio wil komen,' zegt hij. 'Ik heb een nummer ingezonden, en ze zijn niet helemaal tevreden.'

Ik slik even en denk: ik heb pap nu toch al niet meer voor mezelf. Ik kan er maar beter het beste van maken. 'Eerst een ijsje, pap,' zeg ik. 'Het allergrootste ijsje van de stad.'

'Een ijsje met dit weer?!'

Ik trek Stens weg bij de apen. 'Mee!' commandeer ik. 'Eerst een sorbet, dan pas de studio.'

Ik weet dat het gemeen is, maar hij zal zich lekker schuldig voelen.

'Vooruit dan,' zegt hij. We lopen Artis uit, en hij houdt de eerste de beste taxi aan. In Elf, helemaal op de bovenste verdieping aan het IJ, krijg ik mijn ijsje. Stens kijkt onrustig om zich heen. Eerst zie je de mensen kijken en denken: is het hem wel of niet? Dan stapt er een vrouw van een jaar of twintig met een leren jack op

hem af voor een handtekening. Zo gaat het altijd. Ik
neem alle tijd om mijn sorbet op te eten.

In de studio mag ik meehelpen bij het mengpaneel. En
paps manager zegt dat hij mijn tekst over Spidergirl
echt te gek vindt.
Daarna is het haasten. Moeten we naar een winkel omdat
Stens zich in een nieuw pak wil hijsen (gifgroen met witte
strepen), en ik mag een nieuwe broek (glimmend zwart)
met jasje uitzoeken. Iedereen kijkt naar ons als we voor
de spiegel staan. Even voel ik me heel beroemd.
Dat gevoel verdwijnt snel als we naar de filmpremière
gaan. Daar is iedereen beroemd. Overal paparazzi, tv-
camera's, journalisten. Ik steek mijn arm in die van
pap. Maar pap is nu Stens. Vol trots stelt hij me aan
iedereen voor, maar verder lijk ik niet meer dan een
gewicht aan zijn arm.
Klik. Flits. Klik. Flits.
Ik duik weg achter de rug van Stens in de hoop dat ik
niet op de foto kom. Flits. Shit, ik sta er vast op.
Nog een fotograaf. Hij bukt, en buigt zich naar ons
toe. 'Laat mijn dochter met rust!' roept Stens. Hij haalt
uit naar de fotograaf, die van schrik achterover valt. Zo
mist hij net de dreun die pap hem wil geven. Flits.
Flits.
'Weg!' roept Stens. 'Scheer je weg!' Stens trekt me vooruit. Als we even later veilig zijn, voorbij de hekken
waar de journalisten als waakhonden de wacht houden,
zegt hij: 'Kan ik je dan nooit meer ergens mee naartoe
nemen?'

Ik weet waar hij aan denkt. In Haarlem heb ik geen oppasser, zoals in Amsterdam. Pap is bang. Zou die angst nooit meer weggaan?

Opeens begin ik over mijn hele lijf te rillen. Stens slaat zijn arm om me heen en trekt me tegen zich aan.

'Misschien was dit geen goed idee,' verzucht hij.

'Ik wil naar huis,' zeg ik. 'Maar niet in de limo.'

Er glijdt een grijns over zijn gezicht. Even later rijd ik weg in een gewone taxi. Stens is nog binnen. Ik wilde niet dat hij me uitzwaaide.

Covergirl

Alles was voor niets. Als de donderdag erna de nieuwe *Knaller* uitkomt, sta ik prominent op het omslag, arm in arm met Stens. Stom. Ik had het kunnen weten.

Alles draait om Stens nu Pop for Peace er bijna is. Hij heeft het bedacht, hij (dat wil zeggen zijn management) heeft ervoor gezorgd dat er zoveel wereldberoemde artiesten komen. Hij had het niet hoeven doen, maar hij wil het geld aan Peace for All, een organisatie voor de vrede, geven. Eigenlijk geweldig, die pap van mij.

Zo voelt het alleen niet op het moment dat Linne, de bemoeial uit mijn klas, een dag later met de *Knaller* komt aanzetten. Ik ben nog niet het schoolplein opgefietst, of ze komt al op me af. Zodra ik het tijdschrift zie, ruik ik onraad.

'Ben jij dit?' vraagt ze zo hard dat iedereen opkijkt.

'Nee, mijn nicht,' zeg ik snel.

Linne kijkt naar de foto, dan naar mij. Naar mijn broek. 'Je hebt anders wel dezelfde broek aan als de dochter van Stens op de foto.

Johan uit mijn klas komt er bij staan, nog een paar van 1C, en dan zie ik Myrna naderen.

'Je bent het echt!' zegt Linne.

Ik graai het tijdschrift uit haar handen. 'Doe ff normaal!' roep ik uit. 'Kan ik er wat aan doen dat ik op dat kind lijk?'

Myrna gluurt over mijn schouder. 'Je bent hct,' zegt ze.

Nu pakt zij het tijdschrift. 'Die broek, man. Dat is jouw broek. Jouw haren. Jij bent het!' Haar stem koelt af tijdens het praten. Heel ijzig zegt ze: 'Dus dat is je vader in New York, de cd-verkoper.'

Gegiechel om me heen, gefluister:

'Zina, de dochter van Stens.'

'Weet je nog, die limousine? Daar zat vast Stens in.'

Ik heb het gevoel dat er een zware mistwolk om me heen hangt. Alleen Myrna zie ik nog scherp.

'Mooie vriendin ben jij,' zegt ze. 'Wat heb je nog meer allemaal gelogen?'

'Er is toevallig geen woord van gelogen,' zeg ik terug.

'Hij woont in New York en hij verkoopt cd's.' Ik zeg het hard. Te hard. Alle ogen zijn op ons gericht.

'Te gek zeg, de dochter van een popzanger.'

'Ze zal wel stinkend rijk zijn.'

'Heeft ze geen bodyguard nodig?'

'Daarom doet ze altijd verwaand.'

Zeggen ze het echt, of denk ik dat? Alles is zo vaag. Myrna doet niets. Die staat als een standbeeld, met op elkaar geklemde lippen. Ze staart me aan. Ze voelt zich verraden. Ik wil weg. Weg van hier.

'Leuk zo'n beroemde pappie!'

'Zij mag vast veel meer dan wij!'

Gefluister, geroddel, ze komen op me af.

'Doe ff normaal!' Ik gil het uit en ren weg. Het school-plein af. De brug over, de vaart over, langs de huizen. Weg. Ze mochten het niet weten. Het kan gevaarlijk zijn. Ik wil niet anders zijn, ik wil gewoon zijn. De ogen van Myrna willen maar niet uit mijn hoofd. Haar blik: teleurgesteld, beledigd, woedend. De violette kringel om haar heen, die veranderde in donkerpaars, zwart bijna. Ik wil alles van me afschudden, blijf doorrennen. Auto's scheuren voorbij. Ik voel de kou niet. Ik hap naar adem, verminder vaart. Als ik iets rustiger adem, bedenk ik dat de schoolbel vast al is gegaan. Dat iedereen in de klas zit, en dat ze het over mij hebben. Over de dochter van Stens. En dat Myrna zich verraden voelt door haar beste vriendin. Beter gezegd, door haar ex-beste vriendin.

Alleen

Ik moet wel terug naar school. Mijn fiets staat er nog.
Het is bijna kerstvakantie en morgen is het schoolfeest.
Ik had toch al geen zin, houd ik mezelf voor. Myrna is
op Kas, en ik hang er maar wat bij. Ik weet dat het niet
waar is wat ik allemaal denk, maar ik kan niet anders
denken.
Zal ik me nu ziek melden?
Nee, ik ga gewoon. Kan mij wat schelen. Ik ben wel
wat gewend.

In het tweede uur, onder Frans, stap ik het lokaal binnen. Iedereen kijkt naar me: blikken vol bewondering of jaloezie. Ik ken die blikken. Linne knipoogt naar me. Johan fluistert iets tegen zijn buurman. Ze hebben het over mij, ik weet het zeker.

Alleen Myrna kijkt niet. Die doet alsof ik niet besta. De paarse kleur die om haar heen hangt, is nog steeds aardedonker. De tint van woede. Ik wist niet dat ze zo streng was. Waarom begrijpt ze niet dat ik niet anders kon. Dat ik niet de 'dochter van' wil zijn, maar mezelf? Dat er gevaar kleeft aan beroemd zijn. Hoe kan ze het weten? Ik heb het haar nooit verteld, niet van Stens en niet van dat andere. Ik besluit een brief aan haar te schrijven. Ik kan me toch niet concentreren op de les.

Lieve Myr, je begrijpt toch wel dat ik niet anders kon.

Ik kijk schuin voor me. Zie de donkere walm om haar heen, en ik weet dat het niet het goede moment is.

Ik kras de regels door. Goed dan, als je kwaad wilt blijven, dan blijf je maar kwaad.

We zeggen de hele dag niets tegen elkaar. Ik kan ook mijn mond houden als het moet.

Na het laatste uur fiets ik zo hard als ik kan naar huis. Ik kan er niets aan doen, maar zodra ik de keuken binnenstap, barst ik in huilen uit.

Clarisse komt naar me toe.

'Wat is er met jou?' vraagt ze verbaasd.

'Ze weten het.'

'Wat?'

'Dat Stens mijn vader is.'

Clarisse is even stil. 'Kom eens zitten,' zegt ze na een poosje. 'Ooit komen ze er toch achter. Wat je hebt meegemaakt, dat is gebeurd en komt nooit meer terug.' 'Dat kun je niet weten. Myrna is razend op me.' 'Kan ik me iets bij indenken,' zegt Clarisse. 'Heb jij haar ooit iets over Stens verteld?' Ik schud van nee. 'Oké dan, dat hij in New York woont en cd's verkoopt.' Nu moet Clarisse keihard lachen. Ik gniffel: 'Goeie mop, hè? Ik heb niets gelogen.' 'Nee,' zegt Clarisse, en trekt me naar zich toe. 'Niet gelogen, maar je hebt ook niet de waarheid verteld.' Daarna vervolgt ze op serieuzer toon: 'Je had het best aan Myrna kunnen vertellen, hoor. De psycholoog zei dat het juist goed was om erover te praten. En ik denk dat Myrna het best begrijpt. Of heb je soms weer last van nachtmerries?' 'Nee.' Clarisse geeft me een vriendschappelijke stomp: 'Dat is mooi. Waarom bel je haar niet?' 'Kan ik niet. Ze heeft de hele dag al gedaan of ik lucht ben. Wedden dat ze me niet wil horen?' 'Dan schrijf je een brief, of een mail of weet ik veel wat.' Ik knik. Opeens voelt alles weer zo zwaar. 'Ik zal erover nadenken,' zeg ik, en ik hoor zelf hoe bedompt mijn stem klinkt.

Die nacht komt voor het eerst sinds tijden weer die akelige droom. Ik zit in een hok, het is donker, vlak naast me staat iemand te gillen. 'Blijf daar, kreng.

Blijven!' Ik probeer wanhopig om eruit te breken. Ik bonk tegen de wanden, maar het hok is van metaal. Ik hoor alleen het gekrijs en die holle metalen klank. Doodmoe word ik wakker.

Het schoolfeest

Hoe schrijf je zoiets op?

Hoi Myrna, ik voel me zo ellendig. Ik had het je moeten vertellen, maar ik kan het niet, weet je. Het is niet alleen Stens, was dat maar waar. Soms is het best leuk om een beroemde vader te hebben, en soms niet. Het komt ook door de kinderen op de basisschool, en door die vader. Die vader die dollartekens in zijn ogen kreeg toen hij mij zag. Of beter gezegd, toen hij wist dat ik de dochter van Stens was.

Ik kan het niet. Het doet al pijn om eraan te denken.

Op school vanmorgen hebben we weer niets tegen elkaar gezegd. Ik heb tegen helemaal niemand gepraat. Ik kon het gewoon niet. En Myrna was ontoegankelijk, met die donderwolk om zich heen.

Linne vroeg of ik naar het schoolfeest ga. 'Geen zin,' zei ik. Ik weet het écht niet. Het eerste schoolfeest in mijn leven, mooie boel.

'Ga toch met mij mee,' zei Linne. 'Myrna blijft heus niet kwaad. Ik begrijp trouwens niet waarom ze zo doet.'

Weer zag ik die donderwolk om Myrna heen.

'Zal ik je komen halen?' vroeg Linne. Ik zei ja, al weet ik nog steeds niet waarom, en evenmin waarom Linne nu opeens zo'n kleffe kip is geworden.

Ik had mijn zwarte glimbroek aan willen doen naar het schoolfeest, maar die lijkt wel besmet of zo. Dus schiet ik in mijn nieuwe Diesel, met het groenblauwe vestje. Linne haalt me op. Ze kletst honderduit als we naar school fietsen. Ze stelt regelmatig een vraag over Stens. Die beantwoord ik zo kort mogelijk, en dan heeft ze het weer over andere dingen. Ik ben blij dat ik amper wat hoef te zeggen.

De zaal is verduisterd. Tegenover de bar is een podium. De band van Robin gaat optreden, helemaal vergeten. Myrna staat tegen de muur, met om haar heen allemaal jongens. Johan en Kas, en de jongens van Robins band. Ik voel dat ze naar me kijkt. Misschien kan ik straks op haar afstappen. Meteen daarop denk ik: waarom zou ik de eerste zijn? Zij is toch boos, ik niet.

Robin stoot me aan. 'Nu begrijp ik waarom je zo goed kunt zingen.'

'Ga toch weg,' zeg ik. 'Dat mijn vader kan zingen, wil nog niet zeggen dat ik het ook kan.'

'Mooi wel,' zegt hij. 'Ben je al eens in een echte studio geweest?'

'Wat dacht jij,' zeg ik, en ik moet een beetje lachen. Ondanks de woede van Myrna blijft Robin grappig, en opeens voel ik me niet meer zo vreemd als hij in de buurt is. Dat komt misschien omdat hij zo'n stomme vraag stelt. Linne komt erbij staan. Zij is een van die meisjes die op Robin valt.

'Wil je een keer bij ons in de band komen zingen?' vraagt hij.

'Tof!' roept Linne uit. 'Dat wil ik ook wel.'

Robin kijkt haar aan. 'Niet alle brugpuppies mogen meezingen hoor,' zegt hij hooghartig.

'Pfoeh,' zegt Linne, en ze draait zich om.

'No way!' zeg ik. 'Denk maar niet dat ik in jouw band ga zingen, alleen omdat Stens mijn vader is.'

'Doe jíj ff normaal!' zegt Robin beledigd. 'We willen gewoon een goede zangeres erbij. That's all!'

Hij draait zich om en loopt bij me vandaan.

'Wat een arro,' zegt Linne even later.

'Trek het je niet aan,' zeg ik terug. 'Hij zingt zo vals als de nacht.'

'Jij kunt het weten,' zegt ze met een zweem van verrukking in haar stem. Linne heeft zich nooit echt met mij bemoeid, en nu opeens wel? Valt helemaal niet op, hoor. Vanuit mijn ooghoeken zie ik dat Myrna naar me kijkt. Ze draait snel haar hoofd om als ze ziet dat ik terugkijk.

'Sorry,' zeg ik tegen Linne. 'Ik voel me niet lekker. Ik ga toch maar naar huis.'

'Het is nog niet eens echt begonnen,' zegt zc.

'Pech dan, volgende keer beter.'

Ik weet niet hoe hard ik terug moet fietsen. Mijn tranen bevriezen op mijn wangen. Ik lik ze weg met mijn tong. Wat een puinhoop heb ik ervan gemaakt. Myrna moet niets meer van me weten. Nooit meer!

Kerstvakantie

Leuk! Kerstvakantie. Over negen dagen is Pop for Peace. Myrna negeert me. Clarisse moet een of andere opdracht afkrijgen en Stens is druk bezig met de voorbereidingen voor PfP, of met zichzelf. Soms is dat bijna hetzelfde. De nachtmerries zijn weer terug. Elke nacht dezelfde. Clarisse denkt dat ik misschien weer met de psycholoog moet praten. Maar ik ga liever naar oma Jansje.

Oma ziet het meteen. 'Je kleur is vaal,' zegt ze, 'grijs bijna. Wat is er gebeurd?'
'De nachtmerries zijn er weer.'
Oma zet de schaal met bokkenpootjes voor me neer, en gaat recht tegenover me zitten.
'Die komen niet zomaar terug,' zegt ze. 'Dan is er iets gebeurd.'
'Myrna,' hakkel ik. 'En Stens.' Ik verbijt mijn tranen, maar het lukt niet echt.
'Iets duidelijker misschien,' zegt oma. 'Hier, neem een slok van je chocomel, nu is hij nog warm.' Ze geeft me een servetje om mijn tranen af te vegen.
'Myrna is boos op me,' zeg ik, en bijt op mijn lip.
'Ze weet het van Stens.'
'Wat?' Oma's stem klinkt zacht.
'Dat hij mijn vader is.'
'Heb je het haar nooit verteld?'

'Nee, dat begrijp je toch wel?'

Oma knikt dat ze het begrijpt, maar ze blijft bedenkelijk kijken.

'Er hangt een donkerpaarse wolk om haar heen,' ga ik verder. 'En door die wolk kan ik niet heen breken.'

'Dan is ze behoorlijk kwaad,' zegt oma. 'Of eigenlijk denk ik dat ze heel teleurgesteld is. Je hebt dingen voor haar verzwegen, en het is heel erg als je beste vriendin dat doet.'

'Ik vind anders dat ze zwaar overdrijft. Zo erg is het niet dat ik haar nooit heb verteld van Stens. Nou ja, ik heb wel gezegd dat mijn vader in New York woont en cd's verkoopt.'

Oma Jansje gniffelt, precies op dezelfde manier als Clarisse.

'En dat van de kleuren weet ze ook niet,' zeg ik er snel achteraan.

'Dat is wat anders,' zegt oma. 'Omdat maar weinig mensen kleuren zien bij anderen. Maar iedereen heeft wel een vader. Zelfs als hij weg is of dood, dan was hij er ooit. Soms is het beter niets te zeggen, dan de waarheid verdraaien. Want als iemand erachter komt dat je hebt gelogen, is dat niet bepaald fraai. Zeker niet als het om je beste vriendin gaat.' Oma pakt nu zelf ook een bokkenpootje, dat doet ze bijna nooit.

'De vraag is nu, wat wil je eraan doen?'

'Ik wil naar Pop for Peace met Myrna,' zeg ik, en op het moment dat ik het zeg, is het alsof het pas echt tot me doordringt dat ik er niets aan vind zonder Myrna.

'Dan zeg je haar dat toch gewoon.'

'Met die donkere wolk om haar hoofd zeker. Ze wil niet eens naar me luisteren.'

'Schrijf een brief,' zegt oma.

'Denk je dat ze die leest?'

'Niet meteen misschien. Maar ik weet zeker dat er ergens in die donkere wolk een gat komt, en dat is het moment waarop ze de brief zal lezen.'

'Denk je echt?'

Oma pakt mijn hand. 'Zeker weten. Wedden dat de nachtmerries dan ook zullen verdwijnen?'

'Ik had veel liever een gewone vader.'

'Accepteer maar dat je nooit gewoon zult worden met zo'n vader. En je hoeft echt niet meer bang te zijn dat je nog een keer zoiets akeligs zult meemaken. Dat is geweest. Geloof me.'

Als oma zoiets zegt, weet ik op een of andere manier zeker dat het zo is. Dat zij zelf gelooft wat ze zegt, en dat ze het niet zomaar zegt.

'Zullen we dan nu een spelletje Monopoly doen?' stelt ze voor.

'Tof, oma.' Ik heb echt de leukste en liefste oma van de hele wereld. Écht.

'Je moet trouwens bedenken,' zegt ze, terwijl we het spelbord neerleggen, 'dat het ook veel voordelen heeft om een beroemde vader te hebben. Je kunt achter de schermen bij het concert van Pop for Peace, en misschien kun je zelfs praten met – och, hoe heet ze ook alweer?'

'June, oma?'

'Juist die.'

'Is waar,' zeg ik, en pik snel nog een bokkenpootje.
June - voor het eerst sinds dagen denk ik weer aan haar.
Ik ben, geloof ik, toch niet het type om fan te zijn,
Myrna is veel meer fan. De laatste dagen heb ik June
amper gedraaid. En al helemaal niet op haar gedanst.
Ik hoop toch zo dat Myrna weer vriendin met me wil
worden.

Die avond voor het slapen gaan stroomt er als vanzelf
een songtekst mijn hoofd in. Friends, of Vrienden. Ik
schrijf hem meteen op in het schriftje dat ik altijd bij
me heb. De tekst gaat over Myrna en mij. Op een of
andere manier weet ik nu zeker dat de brief ook gaat
lukken. Ik ga hem morgen schrijven en versturen. De
songtekst houd ik nog even voor mezelf.

De brief

Lieve Uma (sorry Myrna),
Ik begrijp dat je kwaad bent. Als je beste vriendinnen
bent, moet je ook eerlijk zijn tegen elkaar. En ik heb gelo-
gen over heel veel. Of nee, eigenlijk heb ik niet gelogen, ik
heb je gewoon niet alles verteld. Van de psycholoog moest
ik er juist veel over praten. Maar ik vind het fijner om
erover te schrijven, dan doet het niet zo zeer.

Het zit zo. Toen pap wegging uit huis (scheiding), wilde
Clarisse daar ook niet meer blijven. We zijn verhuisd en
ik moest van school veranderen. Wat niet fijn was. Op
mijn eerste school wist iedereen dat Stens mijn vader was.
De kinderen daar kon dat niets schelen. Maar dat kwam
misschien ook omdat we nog klein waren (dat beweert
Clarisse tenminste).
In groep 7 ging ik naar de nieuwe school. Net op dat
moment had pap een grote hit, en was hij helemaal top.
Als hij me af en toe ophaalde van school, liep iedereen op
hem af. Net alsof ik niet bestond. Niet dat ik dat erg
vond, hoor. Alleen merkte ik wel dat de kinderen anders
naar me gingen kijken. Meer nog de ouders. Moeders
vooral, die wilden graag dat hun kind bij ons kwam spe-
len. Het duurde even voor ik het doorhad. En ik kreeg
steeds minder zin om met kinderen te spelen. Ik speelde
alleen nog met Kim, die had heel veel dieren in de tuin:
eenden, kippen, en een geit die we mochten melken. Kim

woonde bij haar moeder en zag haar vader nooit. Tot op
een keer haar vader ons kwam ophalen. We speelden die
keer bij hem thuis. Was best leuk, hij bakte pannenkoeken.
Hij bracht eerst Kim naar huis, en daarna zou hij mij
thuis brengen. Dat had hij tenminste gezegd, maar hij
deed het niet. Hij nam me mee naar een of andere schuur.
Het was donker en ik wist niet waar ik was. Hij gaf me
een deken en wat te eten. 'Jij blijft hier. Ik bel je moeder.'
Ontvoerd! Ik was ontvoerd. Hij wilde losgeld van Stens.
Geloof je dat, de vader van een vriendin? Ik zat daar
maar. Het was koud en donker, en de man vertelde niet
wat hij met me van plan was. 'Laat me gaan! Ik wil naar
huis!' gilde ik. 'Laat me los!' Hij gaf me een drankje
waardoor ik in slaap viel. Niemand mocht me horen en
ik gilde zo hard (zei hij later).
Hij wilde twee miljoen euro van Stens. Clarisse riep
meteen de politie en ze verbood Stens om de krant erbij te
halen. Ik weet niet meer precies hoe het is afgelopen, ze
hebben me het wel allemaal verteld. De politie ging bij
Kim langs en na heel lang praten en rondrijden kwamen
ze bij de schuur. Kim of haar moeder wist van die schuur
af, dat was vroeger een opslagplaats. Ik had geluk dat de
ontvoerder zo dom was. Hij zag mij en dacht, een rijke
vader daar zit veel geld. Hij had gewoon niet goed nage-
dacht. Hij wordt bedankt, die vader van Kim, want
daarna was mijn leven helemaal anders. Elke nacht had
ik een nachtmerrie, dan zat ik vast in een donkere ruimte.
Pap zorgde ervoor dat er daarna altijd een bodyguard bij
mij in de buurt was. Ik kon nooit zomaar ergens heen.
Kinderen in mijn klas waren eerst heel erg geschrokken

*door mijn verhaal en heel aardig. Maar omdat ik elke dag
werd opgehaald en gebracht en er altijd een oppasser bij me
was, vonden ze me al snel een verwend nest. Ik mocht bij
niemand meer thuis spelen, dat wilde Clarisse niet. Het was
echt niet leuk, begrijp je. Ik had nog een vriendinnetje,
Karin, mijn buurmeisje, maar die verhuisde met haar moeder en haar nieuwe vriend naar Frankrijk. Weg. Ik miste
pap ook heel erg, die zat meestal in New York. Ik moest
praten met een psycholoog, omdat die enge dromen bleven
terugkeren. Hij zei tegen Clarisse dat het zo niet langer kon.
Daarom ging ik een tijdje bij pap in New York wonen. Ik
ging daar naar een International School en had een nanny.
Dat is een soort oppasmeisje dat alles voor je doet. Stens was
eigenlijk altijd aan het werken, de nachtmerries waren
voorbij, en na een poosje wilde ik weer terug naar mam.
Clarisse en ik verhuisden naar Haarlem. Clarisse wilde
gewoon ergens anders opnieuw beginnen. Nou ja, Clarisse
had ook net die Rob aan de haak geslagen.
Wat een verhaal. Het lijkt wel een boek. Snap je nu
waarom niemand mag weten dat Stens mijn vader is? Ik
wil niet dat alles weer van voren af aan begint. Niet weer
van die nachtmerries!
Ik ben stom geweest. Stom! Hij is nu eenmaal mijn vader
en zo is het gewoon, daar kan ik niets aan veranderen. Ik
had het je moeten vertellen. Kon ik de tijd maar terug-
draaien. Dan zou ik alles anders doen.
Nu weet ik niets meer te schrijven.
Sorry. Ik hoop dat je weer vriendin met me wilt zijn.*

Dag, Zina

De lichtblauwe cilinder

Ik lees de brief drie keer over voor ik hem print. Ik wil
hem niet per mail versturen. Per post, is dat wat?
'Waarom geef je hem niet zelf aan haar?' zegt Clarisse.
Ik haal mijn schouders op. 'Weet niet,' zeg ik. Al weet
ik het natuurlijk wel. Ik wil haar liever niet tegenkomen. Die donkere wolk is angstaanjagend. Als die nog
steeds om haar heen hangt, dan weet ik zeker dat ze
nooit meer vriendin met me wil zijn.
'Je kunt hem toch gewoon door de brievenbus gooien?'
'Misschien.'
Er staat een gure wind buiten, maar de hemel is helder
blauw. Het is zalig weer om met Bubba te wandelen. Ik
kijk naar mijn kwispelende zwarte hondje. En opeens
weet ik wat me te doen staat. 'Sorry, Bubba, ik moet
eerst even wat anders doen. Maar ik beloof je dat je zo
meteen achter de stok aan mag rennen.'
Bubba denkt dat we nu al uitgaan en staat uitzinnig te
kwispelen. Pas als zij ziet dat ik mijn fiets pak, laat ze
haar oren hangen.
'Arme Bubba.' Ik kniel bij mijn vriendje neer, en aai
haar over haar koppie. 'Ik kom echt terug, hoor. Ik laat
je heus niet in de steek. Dat doen goede vrienden niet.'
Op het moment dat ik het zeg, voel ik een gebubbel in
mijn buik en weet ik zeker dat Myrna weer vriendin
met me wil zijn. Het is een vreemd gevoel, want als je
er goed over nadenkt, slaat het nergens op. Het helpt

me in ieder geval om op de fiets te springen.

Als ik de straat van Myrna in rijd, weet ik het niet meer zo zeker. Ik durf niet aan te bellen. Eerst moet ze de brief maar lezen. Misschien schrikt ze wel. Misschien wilde ik de hele tijd al dat ze het eerst zou lezen, zodat ik haar reactie niet hoef te zien. Het is zo moeilijk om het zelf te vertellen.

Robin komt met zijn brommer het tuinpad af. 'Hoi,' zegt hij. 'Jij hier?'

Snel pak ik de brief. 'Wil je die aan Myrna geven?'

'Best. Ze is thuis. Je kunt het ook zelf doen.'

Ik staar naar de stoeptegels. 'Liever niet.' Dan kijk ik vlug even naar boven. Daar staat Myrna voor het raam. Als vanzelf gaat mijn hand de lucht in. Heel langzaam. Myrna wuift schuchter terug. Ze draait zich om en loopt weg.

'Pak dan,' zeg ik tegen Robin, terwijl ik op mijn wang bijt.

Voetstappen op het grind. Ik kijk op. Myrna komt over het tuinpad op ons aflopen. De donkere wolk is er nog, maar er zit een soort van lichtblauwe cilinder die een steeds groter gat in de wolk boort. 'Myrna,' zeg ik, en ren op haar af. We slaan onze armen om elkaar, en staan even heel dicht tegen elkaar aan. Ik voel haar warme wangen tegen de mijne.

'Sorry,' zeg ik. 'Ik had het je moeten vertellen.'

'Ja,' zegt ze. 'En ik had niet zo overdreven moeten doen.'

'Nee, het is mijn schuld. Je bent mijn beste vriendin, en dan moet je niet liegen.'

Myrna gniffelt. 'Je hebt toch niet gelogen,' zegt ze.

'Je hebt gewoon de waarheid een beetje verdraaid.'
'Sorry,' zeg ik. 'Maar er is nog iets dat je moet weten. Het was heel akelig, weet je. Ik kan er niet over praten, maar ik heb het wel voor je opgeschreven.' Ik geef Myrna de brief. Ze kijkt ernaar alsof ze een vreemd wezen in haar handen houdt. 'Laten we naar mijn kamer gaan,' zegt ze. Pas nu voel ik de kou.
Het is afgrijselijk om toe te kijken als iemand je brief leest. Myrna bijt op haar onderlip tijdens het lezen. Ze zucht, haar ogen schieten vol. Dan kijkt ze me aan. De kringel om haar hoofd is nu weer violet, lila bijna, nog zachter dan haar gewone kleur.

'Ik weet niet goed wat ik moet zeggen,' fluistert ze.
'Hoeft niet,' zeg ik, pak een cd van June en zet *Forget it!* (Laat maar!) keihard op. Myrna springt op. Ze begrijpt het. Ze weet het nu, maar verder wil ik het er niet over hebben. Niet nu, later misschien wel.
Ze zet de muziek nog harder. We swingen de pan uit. Echt geweldig, als vanouds. Tot Myrna's vader roept of de muziek wat zachter kan.
'Ga je nu mee naar Pop for Peace?' vraagt Myrna, nog nahijgend.
'Wat dacht jij!' roep ik. 'Ik mag zelfs de kleedkamer van de beroemdste popartiest aller tijden in.'
We kijken elkaar aan en barsten in lachen uit. Nu kunnen we tenminste grappen maken over Stens.
'Mooie boel,' zegt Myrna. 'Moet ik dan lekker saai met Kas mee?'
'So what?' (Nou, en?) zeg ik op verwaande toon. 'Hij is

toch de zoon van een beroemde schrijver?' en snel
erachter aan: 'Hoe was het met Kas op het schoolfeest?'
Myrna grijnst. 'Ik had ook niet zo'n zin in het feest
door die ruzie met jou. Stom hè? Kas kon me even
helemaal gestolen worden. Maar wat zo grappig was,
ik ging toch met hem dansen. Hij sloofde zich zo uit,
dat hij over zijn eigen benen struikelde en viel. Mooi
dat hij nu met een gekneusde enkel zit.'
'Dat meen je niet,' zeg ik.
'Ik zweer het.'
Stilletjes moet ik wel lachen om deze afloop van het
feest. Nu heb ik het gevoel dat de avond toch niet hele-
maal verloren was.
'Ga je mee naar de film?' vraagt Myrna. 'Ik zou met
Robin gaan.'
Ik zie de schemering voor het raam en schrik. 'Bubba!'
roep ik uit. 'Sorry, ik moet er vandoor.'
'Morgen?' zegt Myrna.
'Morgen.' We geven elkaar een high five.

Ik fiets zo snel als ik kan naar huis. Clarisse is al weg
met Bubba.
Ik weet dat Myrna nog een keer gaat doorvragen over
wat er gebeurd is. Ze vraagt altijd door, tegelijkertijd
ben ik haar heel dankbaar dat ze dat nu niet heeft
gedaan. 'Sommige dingen hebben tijd nodig om te
vervagen,' zegt oma. 'Dan worden ze vanzelf lichter.'

Songtekst

Kerst is oké. Clarisse neemt Myrna en mij mee naar het kerstballet in de Stopera. We gaan naar oma Jansje. Ze geeft me een kerstcadeau: een kristal dat alle kleuren in zich heeft als de zon erop valt. En we eten kaasfondue, omdat ik dat zo lekker vind.

Alleen Stens is de grote afwezige.

'Sorry Sien, ik heb het te druk met de voorbereidingen voor het concert,' zegt hij. 'Ik beloof je dat we oudjaar samen vieren.'

'Dat moet dan maar,' zeg ik teleurgesteld. Ik bedoel, het gaat altijd zo maar het went nooit. 'Één ding, pap. Ik heb weer een songtekst geschreven. Je hebt toch wel even tijd om die te lezen.'

'Ja, eh, Sien. Ik zal zien wat ik kan doen. Mijn hoofd staat er niet echt naar.'

'Pap, dat is alles wat ik van je vraag.'

Diepe zucht aan de andere kant van de lijn. 'Vooruit dan.'

Ik heb de songtekst geschreven toen ik zo in de put zat over Myrna. Op de een of andere manier vind ik het altijd een stuk makkelijker om in een lied alles op te schrijven. Al lijkt het soms niet te gaan waar het over gaat. Daarna lukte me het mooi wel om de brief aan Myrna schrijven. Stom, eigenlijk. En wat ook heel vreemd is, de teksten stromen soms in het Engels mijn hoofd binnen. Maar dat komt misschien omdat ik in

New York met songteksten begon. Ik stuur hem per mail aan pap.

Friends

When I met you
I already knew you
As if we had seen
somewhere before
I called you Uma
The one and only
Just one friend,
That's all I need.

We once were sisters
In another world
In another time
We've known before
I know for sure,
You were my Uma
And always sunny
As in June

I promised never
To let you go
Not to lose you
Once again
But then the night fell
In freezing winter
I couldn't reach you
anymore

In the darkness
I saw the shadow
Of your colour
And then I knew
If I would find you
I'd never leave you
And I would never
let you go.

'Zina, ben jij dat?'
'Wie anders? Je belt mijn mobiel.'
'Ik heb je tekst gelezen. Ik ben werkelijk flabbergasted (dat betekent zoiets als 'van mijn stoel gevallen van verbazing').'
'Pap, doe ff normaal.'
'Geweldig! Werkelijk, geweldige tekst. Mag ik hem gebruiken?'
'Zit copyright op, pap.'
'Zakgeldverhoging.'
'Doe ik het voor.'
'Yes!' gil ik door het huis. 'Pap gaat weer een tekst van me zingen. Yes!'
Bubba staat beneden aan de trap te kwispelen.
'Kom op, Bubba, we gaan!'

Pop for Peace

Myrna houdt het niet meer, helemaal niet als de limo voorrijdt. 'We zijn vips' zeg ik. Als vips stappen we een tijdje later de ArenA binnen. Dat wil zeggen, we gaan net als alle artiesten door de zijingang naar binnen.

'Zina, de dochter van Stens,' zegt een of andere pipo die iedereen controleert.

'Nee, hoor, Zina de songwriter,' zeg ik.

'Net zo verwaand als je vader,' zegt de man, en ik moet me inhouden om hem geen stomp recht in zijn gezicht te verkopen.

Myrna grinnikt. 'En wie is dat dan wel niet?' zegt de botterik.

'Mijn vriendin, Myrna de Mar.'

De man loopt de lijst af. 'Juist,' zegt hij. 'Stens loopt hier ergens rond. Je vindt hem vast wel.' We krijgen twee polsbandjes waarmee we backstage mogen. Myrna kijkt haar ogen uit als ze ziet hoe groot het podium is vanaf deze kant. Een soort giga kunstijsbaan op een verhoging, terwijl het podium vanaf de andere kant zo klein lijkt. Een stel mannen is bezig de laatste hand te leggen aan de lichtshow. Er klinkt een enorme knal.

'Kortsluiting,' horen we iemand gillen.

Myrna grijpt mijn arm vast. 'Kijk, dat is Shakira,' zegt ze en ik voel de spanning in haar stem. We voelen hetzelfde. Ik ben ook nog nooit bij zo'n groot concert aanwezig geweest. Shakira is trouwens ongelooflijk klein, misschien wel kleiner dan ik ben. Een man van de organisatie gaat vreselijk tekeer tegen de jongen die de kortsluiting heeft veroorzaakt. Alsof hij er wat aan kan doen. En tegen een andere jongen die een grote kist sjouwt, snauwt hij: 'Waar bleef je zolang?' Tegen ons roept hij: 'Uit de weg, gespuis. Wat moeten jullie hier eigenlijk?'

'Dimmen, Marcel,' hoor ik opeens een bekende stem. 'Dat is mijn dochter.'

'Misschien kunnen jullie beter even naar de bar gaan,' zegt Stens voor ik zelfs de kans krijg om hem een zoen te geven. 'Hier is het een gekkenhuis. Kom, ik breng jullie wel even.'

'Dus jij bent Myrna,' zegt Stens. Ik merk dat ik heel trots ben dat hij haar naam heeft onthouden. Want meestal is hij heel ergens anders met zijn hoofd als ik hem iets vertel. Waarschijnlijk heb ik het zo vaak over Myrna gehad dat hij haar naam wel moest onthouden. Myrna knikt maar kijkt onophoudelijk om zich heen. 'Daar, Anastacia!' Ze grijpt me bij mijn pols.

'Doe die meisjes een ijsje,' draagt Stens een van de bar- medewerkers op en tegen ons zegt hij: 'Ik ben nu even heel druk. Straks laat ik jullie halen als het concert begint. Goed? Dan kunnen jullie vanaf de zijkant mee- kijken.'

'Mogen Kas en Robin straks ook komen, pap?' vraag ik op mijn welbekende slijmtoon. Stens trapt er niet in. 'Liefje, nu even niet zeuren, hoor. Ik kan niet al je vrienden binnenlaten, dan krijgen we gelazer met de beveiliging.'

Myrna ging liever met mij mee dan met Kas. Kas vond het niet leuk, maar hij begreep het wel. Dat zou hij ook hebben gedaan, zei hij. Nu heeft ze Robin met haar mogelijke toekomstige vriendje opgescheept, die vond dat niet helemaal geweldig.

'June,' roept Myrna zachtjes vlak bij mijn oor. Even voel ik een kriebel in mijn buik. Ik kijk opzij. Daar staat ze, haar lange haren in een staart. Ze ziet er heel iel uit, breekbaar bijna, terwijl ze op tv zoveel kracht uitstraalt. Ze loopt er net zo bij als ik, in een afgetrapte spijkerbroek, maar wel op torenhoge punthakken. Krijg ik het weer. Dat heb ik altijd als ik beroemdheden zie. Dit is niet June, dit is gewoon iemand die June speelt. Gewoon een mens. 'Hello June,' Stens loopt op haar af en zoent haar op beide wangen. 'Just in time.' (Net op tijd)

'Kijk eens hoe Stens zich aanstelt,' zeg ik. 'Zo doet hij altijd als hij op de versiertoer is.'

Ik weet niet of Myrna me wel hoort. Helemaal verrukt kijkt ze naar June.

'Zouden we met haar mogen praten?' zegt ze.

Ik kijk weer naar mijn vader en naar June. June is zeker tien jaar jonger, maar hij kijkt net zo verrukt naar haar als Myrna. Ben ik dan de enige die hier normaal is?

'Doen we,' zeg ik tegen Myrna, en trek haar met me mee. 'Hello June,' zeg ik.

'And who are you?' (Wie ben jij dan?)

'I'm the songwriter,' (Ik ben de songwriter) zeg ik.

'Doe ff normaal!' fluistert Myrna in mijn oor.

'Ik doe juist normaal,' zeg ik terug, beledigd bijna.

'Pap, ik ben toch een songwriter.'

'Dat ben je zeker,' zegt Stens, en tegen June zegt hij: 'This is my daughter Zina and a friend. Her name is, uh ...' (Dit is mijn dochter Zina met haar vriendin. Eh ...)

'Myrna, pap, onthoud nou eens wat.'

June lacht naar me. 'Alright Zina, did you say you're a songwriter?' (Maakt niet uit, Zina. ben jij een songwriter?)

'Sure she is,' (Zeker weten) zegt Stens voor ik wat kan zeggen.

'She wrote our song, you know.' (Zij heeft onze song geschreven)

'Great,' zegt June. Nou ja, de rest moet ik vertalen voor Myrna, mijn Engels is nu eenmaal een stuk beter dan dat van haar. Kan zij ook niets aan doen, komt omdat ik in New York heb gewoond.

June vindt mijn tekst supercool. 'Heb je hem aan haar laten lezen?' vraag ik aan Stens. 'Wat dacht jij? Ik heb ook nog een verrassing voor je. Komt later.'

'Toe, pap,' zeg ik, maar Stens laat zich niet vermurwen. June vraagt aan Myrna hoe ze aan die rok komt. Nu moet het niet gekker worden. Myrna wil juist weten hoe zij aan die kleren komt. Maar Myrna staat met haar mond vol tanden, ze kan helemaal niets uitbrengen.

'Ze maakt haar kleren zelf,' zeg ik.

'Great!' zegt June weer. Geweldig dus.

June heeft een donkerrode sluier om zich heen. Ze knettert met het oranje van pap, maar past goed bij het violet van Myrna.

Stens wordt geroepen en draait zich om. 'Sorry, ik ben zo terug,' zegt hij.

June zegt dat ze het leuk vindt dat ze ons heeft leren kennen, maar dat ze zich nu dringend moet voorbereiden op de show.

Myrna en ik bestellen een heel grote sorbet, met twee rietjes. Samen lurken we eraan.

Buiten stroomt de ArenA vol. In slierten komen de mensen door de verschillende ingangen naar binnen. Het veld is al bijna vol, rij voor rij raken nu ook de tribunes bezet. Net een mierennest, schiet het door me heen. Weer voel ik die kriebels in mijn buik. Ik heb het gevoel te zweven; het is toch maar mooi mijn pap die dit allemaal heeft bedacht, en die in zijn eentje straks voor al die mensen staat te zingen. Ik heb het gevoel alsof ik straks zelf op moet treden.

'Ze is echt geweldig,' zegt Myrna nog steeds met die hemelse blik in haar ogen.

'Ik vind het ook geweldig dat wij niet tussen al die mensen hoeven te zitten.'

'Ik heb het over June, dommie,' zegt Myrna.

'Oh, ja ze is tof,' zeg ik. 'Ze is écht cool.'

Buiten schalt er muziek door de luidsprekers, en af en toe roept een stem om of de mensen door willen lopen en niet de boel op willen houden.

We zitten in een hoekje van de bar. Artiesten lopen af en aan. Aan een tafel naast ons wordt Bono geïnterviewd. 'Hij is vast al opa,' zegt Myrna. Bono ziet er in het echt veel ouder uit dan op de foto's.

Half acht. 'Kas en Robin staan vast in de rij,' zeg ik.

Myrna zucht. 'Dit is echt veel leuker dan met Kas mee tussen het publiek.'

'Volgens mij ben je helemaal niet meer verliefd op Kas,' zeg ik.

Myrna kijkt me aan en lacht: 'Vandaag misschien niet.'

'Nou, hij is het anders wel op jou.'

'Ik ben eerder een beetje verliefd op June.' Myrna zucht en staart voor zich uit.

'Lesbo,' zeg ik, en stoot haar aan.

'Ik zou wel zo willen zijn als June,' zegt ze.

'Dat ben je al, alleen zing je zo vals als de nacht.'

Myrna verslikt zich en krijgt prompt de hik en de slappe lach. Ik lach mee. Het is alsof ik in een flits doorheb hoe het zit. Myrna bewondert June. Fans bewonderen een droompersoon. Ik kan dat niet. Misschien omdat mijn vader ook zo'n droommens is. Ik weet niet hoe het zou zijn als mijn vader een gewone vader was, die elke avond uit zijn werk kwam, twee keer per week kookte en op zaterdag met zijn kind naar het hockeyveld ging (zoals onze overbuurman). In het begin was ik jaloers op de overbuurjongen, maar nu weet ik dat hij nooit hier zal zitten, tussen de artiesten en dat hij dat allemaal nog gewoon zal vinden ook (nou ja, ik vind het echt wel gaaf om June van dichtbij te zien). Maar een fan met oogkleppen op, nee, dat zit er gewoon niet in bij mij. Ik ben wie ik ben: Zina, de songwriter, dochter van Stens en Clarisse.

Happy end

Een verhaal moet natuurlijk altijd eindigen met een happy end. Wel voor Myrna en mij, niet voor Stens. Arme hij. De vriend van June kwam ook aanzetten. Een enorme knaller. 'Wat een bofkont, die June!' riep ik uit.

Stens opent het concert. Hij komt op in een wolk van rook en zingt alleen met de piano een *Song for Peace*, een heel gevoelige ballade.
Wij kijken vanaf de zijkant van het podium toe. Ik krijg de kriebels van al die mensen: ze deinen mee op de melodie met hun armen in de lucht. Het stadion zit tot aan de nok toe vol en de stemming zit er meteen in. Even voel ik me heel nietig, omdat we allemaal zo klein en met zo velen lijken.
Myrna neuriet mee op de muziek. Ik kijk naar haar en naar Stens. Het is toch maar mooi mijn vader die daar staat te zingen.
'Goed gezongen, pap,' zeg ik als Stens het podium af is. 'Heb ik wel eens beter gedaan,' zegt hij, maar dat vindt hij altijd.
Vlak langs ons springt Fergie van de Black Eyed Peas voorbij. Ze springt het podium op, en het publiek gaat meteen uit zijn dak. De bas dreunt *Pump it*. Onder mijn voeten trilt het podium. Ik zie de zweetdruppels van het voorhoofd van Fergie springen.

Myrna en ik kunnen niet stil blijven staan.
Tegelijkertijd heb ik het idee dat ik in een of andere
film ben beland, en naar een giga scherm kijk. Bløf,
Anastacia, die snel haar bril aan haar manager geeft
voor ze opgaat, James Blunt, en nog veel meer artiesten
volgen elkaar op. En wij staan daar maar aan de zijkant
van het podium. Bij elke nieuwe artiest knijpen we
elkaar, gillen en kunnen we niet ophouden met swingen. Managers, geluidstechnici, lichtmensen, musici
schieten voorbij. Het is een gekkenhuis.
Ik heb geen besef van tijd. De klanken denderen om
onze oren. Myrna staat in haar eigen paarse wolk rond
te draaien.
June komt als laatste op. Ze is nu weer echt June, de
droom-June. Als een elastieken pop zweeft ze over het
podium en overdondert ze het publiek met 'In the
morning sun'.
Ik sta als vastgenageld aan de grond.
'Ze is echt heel bijzonder,' zegt Myrna vlak bij mijn
oor. Ik kan alleen maar jaknikken.
Het publiek is buiten zinnen als ze uitgezongen is.
'More! More! We want more!' klinkt het. Als toegift
zingt ze *Forget it!* Mijn lievelingsnummer. Net nu komt
Stens op me af. Hij heeft een knalroze leren broek aan
en een mouwloos T-shirt met gouden letters. 'Jesses,
pap,' zeg ik, maar hij hoort niets. Hij heeft de afwezige
blik in zijn ogen die hij altijd heeft voor hij
op moet.
Dan opeens is het of hij mij in de gaten krijgt.
'Opletten!' zegt hij. 'Zo meteen gaan we afsluiten.

Dit nummer wordt speciaal voor jou,' zegt hij. 'Maar dat houden we onder ons hoor.'

'Wat bedoel je, pap?'

'Ik moet op,' zegt hij. Voor ik het door heb, staat hij op het podium naast June.

'Jullie waren een geweldig publiek,' schreeuwt hij in de microfoon. 'Pop for Peace is een doorslaand succes geworden. We hebben ruim twee miljoen euro opgehaald voor Peace for all. Speciaal voor deze gelegenheid willen June en ik een duet zingen. Het geld dat we met de cd verdienen, gaat allemaal naar Peace for all. Bedankt!' gilt hij, en: 'Dank aan alle artiesten die gratis optraden vandaag!' Daarop maakt pap het V-teken met zijn vingers en roept keihard: 'PEACE!'

'PEACE!' gilt het publiek hem na. En wij ook: 'PEACE! PEACE!'

Ik gil mee en kijk naar mijn vader. Even voel ik me groeien. Het is toch maar mooi mijn vader die er staat, die een stadion vol mensen toespreekt en aan het juichen krijgt. En dat allemaal voor een goed doel. June kijkt op naar Stens, en die glimlacht terug. Er hangt geen roze maar een knaloranje kringel om Stens heen. Bij pap is alles show. Dan zet de muziek in en strengelen de stemmen van pap en June zich in elkaar.

When I met you
I already knew you
As if we had seen
somewhere before
I called you Uma

The one and only
Just one friend,
I don't need more.

De rillingen lopen over mijn rug.
Myrna kijkt naar me. 'Hoorde ik Uma?'
Ik knik.
'Waar gaat dat over?' vraagt Myrna. 'Jij bent de enige die me ooit Uma noemde, en mijn oma dan, maar die is allang dood.'
'Over jou,' zeg ik zo zachtjes dat alleen Myrna het kan horen. 'Het is mijn song.'
Myrna kijkt me aan en pakt mijn hand.
En samen horen we hoe de laatste klanken wegsterven voor het publiek uitzinnig tekeergaat.

You're my Uma, the one and only,
And I never let you go.

Vrienden

Toen ik jou zag
Wist ik meteen
Dat ik je al eerder
Had gezien
Ik noemde je Uma
Zo is er maar één
Mijn hartsvriendin
Meer hoef ik niet

Ooit waren we zussen
In een andere wereld
In een andere tijd
Kenden we elkaar
Ik weet het zeker
Jij was mijn Uma
Altijd stralend
Zoals June

Ik nam me voor
Bij je te blijven
En je nooit meer
Te laten gaan
Tot het donker werd
IJzige winternacht
En jij verdween
Uit mijn bestaan

In de duisternis
Zag ik de schaduw
Van jouw kleur
Ik wist zeker
Als ik je zou vinden
Zou 't voor altijd zijn
Ik zou je nooit
Meer laten gaan

Christel van Bourgondië

Voor Christel van Bourgondië (Haarlem, 1961) is het leven een groot raadsel Ze schrijft om een antwoord te vinden op dat raadsel. Het liefst verzint ze verhalen; spannende, grappige en soms ook droevige. De kinderen in haar verhalen beschikken vaak over bijzondere gaven. Zo kan Zina in *Doe ff normaal!* aura's zien om mensen heen. Dat zijn kleuren die iets zeggen over de persoon. Christel kwam op het idee voor dit boek omdat ze samen met haar dochter, zoon en man graag naar popconcerten gaat.

Voor ze schrijfster werd, was Christel journaliste en schreef ze onder andere het boek Aardappels met stokjes, interviews met vluchtelingenkinderen. Daarvoor studeerde ze Russisch en dat bracht haar op het idee om een verhaal te schrijven over een jongen die twee eeuwen geleden van Sint-Petersburg naar Nederland trok. Ook in dit boek, Het raadsel van de witte vlinder, gebeuren wonderlijke, spannende dingen, die wel eens echt gebeurd zouden kunnen zijn.

Wil je meer lezen van Christel van Bourgondië? Lees dan dit boek:

Het raadsel van de witte vlinder

Katja blijft staan. Ze grijpt me vast om niet te vallen, haar ogen strak gericht op de stam van een dikke eik. Ze loopt op de boom af en ze maakt een kommetje van haar handen. Het kommetje legt ze op de stam. 'Een wonder,' fluistert ze vlak bij mijn oor. 'Een wit vlindertje in een herfststorm.'

Met dit verhaal ga je tweehonderd jaar terug in de tijd. Michael en zijn familie reizen van Rusland naar de Lage Landen. Het is een verre, moeilijke reis. Michael en zijn zus raken hun ouders kwijt. Onderweg komen ze allerlei mensen tegen, zoals het slangenmeisje Katja en de zonderlinge verenman, de wijze Taver en Sasja de paardenknecht ... Kan de raadselachtige witte vlinder die ze telkens weer tegenkomen, hun de weg naar Zaandam wijzen?

lees leeuw

De volgende boeken zijn ook geschreven voor kinderen in groep 7-8 / leerjaar 5-6. Ze zijn te koop in de boekhandel.

Toon Tellegen

De eenzaamheid van de egel

De eenzaamheid van de egel is bijzonder: hij kiest er zelf voor. Als hij al eens, heel per ongeluk, in het bos andere dieren tegenkomt, dan praten die, of ruziën of vechten ze over eenzaamheid.

Nanda Roep

Vriendinnen voor Isa

De eerste tijd in de brugklas is spannend. Isa is dan ook dolblij als ze in haar nieuwe klas vriendin wordt met Fleur. Maar Isa's oude vriendin Sharissa is jaloers: ze is bang om haar beste vriendin kwijt te raken. Er zit voor Isa niets anders op dan haar vriendschap met Fleur zoveel mogelijk te verzwijgen voor Sharissa.

Hans Kuyper

Dit dagboek is geheim

Waarschuwing!!!
Sla dit boek niet open!
Als je het toch leest,
zal ik je vinden.
Want ik weet alles van
vingerafdrukken en zo.

DINSDAG. Ik heb dit dagboek gekregen op mijn verjaardag en tot nu toe vind ik er weinig aan. Een dagboek is meer iets voor meisjes. Dat ben ik ook, maar niet echt. Ik ben toevallig een meisje, niet expres. Hebben jongens ook dagboeken?

lees leeuw